LE CHEMIN DE DAMAS

ABONNEMENTS — RÉABONNEMENTS 2012

Je souhaite m'abonner aux collections suivantes
Merci de préciser le numéro à partir duquel vous le souhaitez

☐ BLADE, du N°…
1 an — 6 numéros   46,00 €

☐ L'EXÉCUTEUR, du N°… .
1 an — 12 numéros   85,00 €

☐ BRIGADE MOND. du N°…
1 an — 12 numéros   80,00 €

☐ POLICE DES MŒURS, du N°…
1 an — 6 numéros   46,00 €

☐ REGIOPOLICE, du N°…
1 an — 6 numéros   52,00 €

☐ FRISSONS, du N°…
1 an — 6 numéros   52,00 €

☐ SAS du N°…
1 an — 4 numéros   44,00 €

frais de port (par vol = 1,70 €) **et remise 5 % inclus** dans ces tarifs
port Europe (par vol = 3,50 €)

TOTAL GdV = ...€

TOTAL GECEP = ...€

PAIEMENT PAR CHÈQUE À
GECEP
15, CHEMIN DES COURTILLES
92600 ASNIÈRES
TÉL. 01 47 98 31 58

PAIEMENT PAR CHÈQUE À
ÉDITIONS GÉRARD DE
VILLIERS
14, RUE LÉONCE REYNAUD
75116 PARIS

Nom : ....Prénom.........................

Adresse...

....

Code postal...................Ville......................................

DU MÊME AUTEUR

(* titres épuisés)

GÉRARD DE VILLIERS

LE CHEMIN DE DAMAS

Tome II

Éditions Gérard de Villiers

Photographe : Christophe Mourthé
Maquillage :Andréa Aquillino
Modèle : Linda
Armes : Eurosurplus
2, bd Voltaire 75011 Paris
www.eurosurplus.com

© Éditions Gérard de Villiers, 2012

ISBN 978-2-360-530-526

CHAPITRE PREMIER

Le général Abdallah Al Qadam, droit comme un « I » dans sa tenue kaki enrichie de multiples décorations, demeura quelques instants immobile sur le pas de la porte, un peu raide, le regard fixé sur un point invisible du mur d'en face. Attendant qu'on le salue. Impressionnant avec sa haute taille, sa carrure massive, son visage un peu empâté, barré d'une moustache fournie, sa coupe de cheveux très militaire découvrant ses oreilles. Même s'il venait chez Mohammed Makhlouf pour une visite de condoléances, il tenait à ce que son rang de chef d'État-Major de l'armée syrienne soit respecté. La petite bonne qui lui avait ouvert avait beau s'être cassée en deux, ce n'était pas suffisant.

Enfin parut Kamal, le fils cadet du mort qui, lui, s'inclina si fort sur la main du général Al Qadam, que, de loin, on aurait dit qu'il la baisait…

Le regard sombre du général Al Qadam n'avait pas cillé.

— *Allah yezhamo* ! [1] murmura Kamal Maklouf avant de conduire l'officier supérieur dans la salle des hommes.

Lorsqu'il pénétra dans la pièce, les membres de la famille de Mohammed Makhlouf se levèrent brièvement, tandis que Kamal le conduisait jusqu'à une des chaises tapissant les murs.

Grâce à un magnétophone, la voix grave d'un cheikh lisait certains versets du Coran, les sourates pour les morts. Entre deux versets, les gens s'essuyaient le visage avec de petites serviettes.

Une servante apporta au général une tasse de café.

Le bruissement des conversations à voix basse tenues par les assistants alignés sur leurs hautes chaises de bois sombre le long des murs avait fait place à un silence glacial et prudent. Les hommes s'étaient raidis imperceptiblement, comme s'ils se mettaient au garde-à-vous.

Le général Abdallah Al Qadam était un des hommes les plus puissants de Damas, ayant l'oreille du président. Personne ne cherchait à croiser son regard. On disait à Damas que cela portait malheur. Or, bien que socialistes et laïques, les Syriens étaient extrêmement superstitieux.

Le buste très droit, le regard absent, le général Al Qadam touillait son café, qu'il but d'un trait. Reprenant ensuite une immobilité minérale.

Il ne voulait pas regarder sa montre, mais commençait à s'ennuyer. Il releva la tête, examinant la pièce

1. Qu'Allah soit sur vous !

tendue de beige, une couleur terne et plutôt triste, très soviétique. Soudain, son regard tomba sur un grand portrait du mort, accroché sur le mur, juste en face de lui.

Un visage énergique au regard dur, qui irradiait la puissance. Un homme habitué à faire régner la peur. Abdallah Al Qadam n'arrivait plus à en détacher les yeux. Il avait l'impression de se regarder dans une glace. Tout à coup, il imagina une autre veillée de condoléances : la sienne. Machinalement, il serra ses mains l'une contre l'autre pour les empêcher de trembler. Il ignorait pourquoi à la Présidence, on avait pris la décision de se débarrasser de Mohammed Makhlouf, un des hommes les plus puissants du régime, qui, disait-on, faisait même peur au Chef. Il n'y avait qu'une raison : il avait « dérobé » comme on dit en langage des courses, commis une faute, peut-être minime, qui avait suffi à le rendre infréquentable.

Or, en Syrie, les gens infréquentables ne restaient jamais vivants longtemps…

Il fallait offrir un profil sans tache. Or, le général Al Qadam venait de réaliser que, lui aussi, avait une tache, invisible pour tous, mais indélébile. Ce qui le mettait en sursis. Bien sûr, c'était une vieille tache, mais qui suffirait, le cas échéant, à le placer du mauvais côté de la barrière.

En ce moment surtout : les événements rendaient le clan présidentiel nerveux. Encore la veille, des manifestants avaient envahi le quartier résidentiel de Mezzé, pour défiler autour de cercueils de manifestants tués la veille et l'armée avait dû tirer pour les écarter du Saint des Saints.

Plus rien n'était sacré.

Quelqu'un toussa et cela soulagea l'atmosphère. De temps en temps un des assistants se levait et partait, son devoir accompli.

Le rite des condoléances était un des plus importants du monde arabe. Cela permettait des réconciliations spectaculaires entre des gens qui se faisaient la guerre depuis des années. Le général Al Qadam avait lui-même, durant une cérémonie semblable, assisté à la réconciliation de deux chefs de tribus qui avaient mutuellement exterminé leurs familles respectives. Les deux hommes étaient tombés dans les bras l'un de l'autre en pleurant comme des enfants et la hache de guerre avait été enterrée.

Bien sûr, la réconciliation avait une grande part de comédie, mais le résultat était là. Cela permettait, au nom de la Mort, de sauver la face.

Celle en l'honneur de Mohammed Makhlouf avait été fixée à trois jours, le maximum, ce qui permettait à tout Damas de défiler dans la chambre funéraire. Même les gens les plus puissants devaient s'y plier sous peine de se couper de tous. Seul, le Chef était exempté de ces corvées.

Le général avait une furieuse envie de se gratter le nez, ce qui n'était pas convenable. Dans ces lieux, on était supposé avoir l'immobilité de la mort.

Pour surmonter son envie, le général tourna la tête légèrement vers le ministre de la Culture et esquissa un sourire. Fou de reconnaissance devant une telle marque d'intérêt, le ministre esquissa le geste de se lever puis, se rendant compte du ridicule de son attitude, se rassit, comme s'il avait voulu seulement changer de position.

Cet accès de servilité réjouit intérieurement le général Al Qadam et il accentua son sourire. Se disant que le ministre si servile ignorait certainement un épisode secret de la vie de sa femme survenu quelques jours plus tôt.

Le général l'avait croisée au cours d'une réception. En dépit de ses yeux baissés et de sa tenue modeste, une sorte de chasuble sur un pantalon gris, il avait reniflé une femelle en chaleur.

Un peu plus tard, au cours d'une brève conversation, il lui avait proposé d'une voix égale de venir le rencontrer à son bureau, le lendemain vers six heures. Les gardes seraient prévenus.

Elle n'avait rien répondu, mais, le lendemain à six heures moins cinq, elle était là.

– Vous m'avez demandé de venir, avait-elle dit. Je suis là.

Abdallah Al Qadam l'avait fixée longuement, essayant de détailler son corps sous la robe ample. Puis leurs regards s'étaient croisés et il avait retrouvé dans les yeux de la jeune femme la lueur salope qui l'avait accroché la veille.

Comme elle était toujours debout au milieu de la pièce, il s'était doucement rapproché d'elle et, d'un geste naturel, avait posé les mains sur ses seins, en devinant aussitôt l'importance. Cette poitrine épanouie et ferme avait projeté dans ses artères un flot d'adrénaline.

Pendant un moment, il lui avait tripoté les seins en silence, sentant grandir une érection comme il n'en avait pas eue depuis longtemps. Puis, il avait déboutonné la robe, découvrant un horrible soutien-gorge vert !

Il en aurait presque débandé.

Heureusement, d'elle-même, Nabila l'avait enlevé en glissant une main dans son dos.

Le reste s'était terminé sur le canapé où il recevait ses hôtes de marque. Très vite Nabila s'était retrouvée nue, à part un slip et des bas noirs. Comme si c'était totalement naturel.

Brusquement, le général Al Qadam s'était souvenu qu'il devait rendre visite à Abu Wahel Nassif, le secrétaire du président. Il n'était pas question de le faire attendre.

Contrarié, il s'était contenté de défaire son pantalon, exhibant un long sexe recourbé et mince comme un cimeterre. Au regard de Nabila, il avait compris qu'il ne s'était pas trompé sur elle.

À peine son membre dehors, elle l'avait pris à pleine main, se renversant sur le canapé. Sans même ôter sa culotte, elle l'avait enfoncé dans son sexe avec une grimace de plaisir.

Abdallah Al Qadam n'avait eu qu'à donner un léger coup de rein pour se retrouver au fond de son ventre.

Un quart d'heure plus tard, elle était repartie.

Les haut-parleurs continuaient à diffuser une sourate du Coran. Les assistants bougeaient les lèvres pour faire croire qu'ils priaient, mais le général Al Qadam estima que ce n'était pas digne d'un homme de son rang de jouer cette comédie...

La sourate terminée, les assistants s'essuyèrent symboliquement le visage et le silence retomba.

Le général en avait assez. Cela faisait vingt minutes qu'il était là. Il se leva et gagna à pas lents la sortie.

Une femme l'attendait dans le hall d'entrée, tout de noir vêtue, mais légèrement maquillée, sortie de la salle des femmes d'où filtraient quelques sanglots maîtrisés.

Soussou Makhlouf, la veuve de Mohammed.

Ils échangèrent quelques mots à voix basse, puis elle le raccompagna jusqu'à la porte d'entrée.

Croisant le ministre de l'Industrie venant présenter, lui aussi, ses condoléances.

Dès la mort de Mohammed Makhlouf rendue publique, la Présidence avait fait savoir par des voies détournées qu'il était important que l'hommage rendu au mort soit le plus spectaculaire possible. On devait savoir qu'en ces temps troubles, les rites funéraires avaient toujours autant d'importance et que la mort de Mohammed Makhlouf était une lourde perte pour le régime. Tous les hommes les plus importants de Damas avait commencé à défiler – cravate et chaussures noires – pour un hommage, la plupart du temps silencieux, au disparu.

Bien sûr, le général Al Qadam savait, comme les « *happy fews* », que la mort du chef des Services n'était peut-être pas totalement naturelle, mais personne, bien entendu, n'aurait osé poser la question.

Un mot déplacé rapporté à qui de droit pouvait avoir les conséquences les plus graves.

Cinq minutes plus tard, il s'installait à l'arrière de son Audi blindée. Il allait donner l'adresse de sa maîtresse à son chauffeur quand il changea d'avis. Depuis leur première rencontre, elle était devenue sentimentale et cela l'agaçait. Il avait besoin d'autre chose pour effacer la crise d'angoisse qui avait failli le terrasser pendant la cérémonie des condoléances.

– On va à Jamahiriya ! lança-t-il. Badr street.

Le quartier des Irakiens. C'est de là que partaient tous les taxis pour Bagdad et où de nombreux émigrés irakiens s'étaient installés au cours des ans.

Une demi-heure plus tard, le général Al Qadam dit à son chauffeur de stopper devant un bâtiment blanc sans aucun signe extérieur, à côté d'une agence de voyage.

On l'avait observé de l'intérieur, car la porte s'ouvrit, avant même qu'il n'ait frappé, sur une vieille femme au visage ridé qui le salua, la main sur le cœur, et le fit pénétrer dans un petit salon tendu de tissu pourpre avec des coussins, des tables basses en cuivre, des narghilés, des gravures orientales.

– Veux-tu un café ? demanda la vieille.

– Non, fit sèchement le Syrien, je veux Aïcha. Tout de suite. Je ne veux pas attendre.

La femme demeura impassible.

– Il lui faut le temps de se préparer, dit-elle. En attendant, veux-tu autre chose ?

– Non.

Il s'installa sur les coussins, ouvrit sa tunique kaki et alluma une cigarette. Il était nerveux, après cette cérémonie de condoléances, comme s'il avait agité l'ombre de la mort.

Dix minutes plus tard, il entendit Aïcha avant même de la voir, à cause du tintement des bracelets de ses chevilles. Elle écarta un rideau et pénétra dans la pièce.

Presque une enfant, pourtant elle avait quinze ans. Une Irakienne orpheline de guerre. Un vague cousin l'avait amenée dans son taxi après l'avoir consciencieusement violée et dépucelée et l'avait revendue pour 10 000 livres syriennes à un autre cousin qui gérait ce bordel, uniquement peuplé d'Irakiennes réfugiées et sans papiers.

Le patron avait la paix avec la police, grâce à quelques poignées de livres et à l'usage gratuit de ses filles pour tous les policiers du quartier.

Aïcha s'avança vers le général Abdallah Al Qadam, impassible. Son visage était très maquillé, les sourcils dessinés, les yeux soulignés au mascara, la bouche artificiellement agrandie. Seul, son regard ne brillait pas. D'ailleurs, cela faisait longtemps qu'il ne brillait plus.

Elle portait un soutien-gorge rebrodé, avec des sequins, et une longue jupe de gitane tombant jusqu'aux chevilles, retenue par une ceinture dorée. Dès qu'elle bougeait, les bracelets de ses poignets et de ses chevilles tintaient.

Après avoir enclenché un CD de musique orientale, elle s'approcha et s'inclina profondément devant le général.

Celui-ci lui fit signe de s'approcher.

Aïcha savait ce qu'il aimait. Elle s'approcha et s'installa à califourchon sur les cuisses massives du Syrien, lui tournant le dos. Il ne voulait pas qu'elle soit face à lui, pour ne pas croiser son regard.

La jeune Irakienne commença à se balancer d'avant en arrière, frottant sa croupe contre le bas-ventre du général. Ce dernier dégrafa le soutien-gorge et le jeta au loin, avant d'empoigner les seins à peine formés, en tordant les pointes le plus fort possible. La fille étouffa un petit cri de douleur, aussitôt sanctionné par une claque sur l'oreille.

Sèche et méchante.

– Lentement ! ordonna-t-il.

Ça l'excitait encore plus. Il sentait son sexe gonfler sous ses vêtements, à en devenir inconfortable. Il bougea pour le loger entre les fesses d'Aïcha. Ainsi, elle le masturbait involontairement.

Le Syrien respirait bruyamment, il commençait à se sentir bien. Bientôt, il n'y tint plus, souleva la fille, fit descendre son zip et libéra son sexe qui se dressa aussitôt dans le dos d'Aïcha. C'est le général qui prit les pans de sa longue jupe et les souleva jusqu'aux hanches, découvrant une croupe ronde.

D'elle-même, la fille se souleva pour le laisser placer son membre massif à l'entrée de son ventre.

Il ferma les yeux de bonheur en sentant la chaleur du jeune sexe et demeura immobile quelques instants. C'était toujours aussi délicieux de découvrir cette croupe offerte, sans aucune barrière.

Puis, brusquement, il posa ses larges mains sur les hanches de la fillette et pesa de toutes ses forces.

Le cri de douleur d'Aïcha et le grognement heureux d'Abdallah Al Qadam se confondirent. D'un seul coup, il s'était enfoui presque entièrement dans le sexe adolescent. Il prit son souffle puis pesa encore une fois. Cette fois, il s'engloutit entièrement. Aïcha ne disait plus rien, ne bougeait plus, clouée par cet énorme pieu.

– Bouge, petite chienne ! lança le général.

C'était encore meilleur.

Les dents serrées, Aïcha reprit son mouvement de balancier et le général la souleva pour faire bouger son sexe à l'intérieur du sien. Il était délicieusement serré et sentait la sève qui s'accumulait dans ses reins. Il fallait tenir le plus longtemps possible.

Maintenant, il coulissait un peu mieux et il soupçonna Aïcha de s'être huilé le vagin. Ce qui donnait plus d'ampleur à ses mouvements.

Lui aussi commençait à bouger, se soulevant du siège rembourré comme pour pousser son sexe encore plus loin dans le ventre de la jeune prostituée.

C'était grisant.

Enfin, il sentit le plaisir qui montait. Lâchant les hanches d'Aïcha, il s'empara de nouveau de sa poitrine, pinçant violemment les pointes de ses seins entre ses doigts.

Sous le coup de la douleur, la fille hurla, mais surtout, la douleur lui fit contracter le vagin. Juste au moment où le général Al Qadam s'y déversait. Il se sentait serré comme par un gant trop petit ! Une sensation inouïe.

Il respira profondément, puis d'un revers de bras, chassa la fille de ses cuisses. Sans un mot. Habituée, elle s'enfuit aussitôt hors de la pièce et il entreprit de se rajuster.

Cinq minutes plus tard, il émergeait de l'immeuble blanc et son chauffeur lui ouvrait la portière.

Sans avoir vu personne. Bien entendu, il ne payait pas. Le seul fait qu'il vienne parfois se soulager ici assurait la tranquillité à ce bordel clandestin.

— On rentre ! lança-t-il laconiquement à son chauffeur.

La tête reposant sur ses coussins, il chercha une petite pensée agréable pour terminer cette délicieuse soirée. L'angoisse qu'il avait ressentie durant les condoléances s'était évanouie.

Il laissa son esprit vagabonder, se rappelant qu'on lui avait dit à demi-mot qu'il pourrait bientôt être coopté pour faire partie du Comité militaire baassiste, l'organisme le plus important du régime dont les sept membres étaient tout puissants. Un comité sous la présidence effective de Bachar El Assad, dont la liste des membres était un secret d'État. Son bâton de Maréchal. Même durant une époque troublée qui voyait vaciller le régime, c'était grisant de se retrouver au sommet. Là, plus rien ne pouvait lui arriver.

Évidemment, il fallait qu'un des sept membres démissionne ou meure et cela, il ne le contrôlait pas.

CHAPITRE II

— Ashraf Rifi a réagi vite ! remarqua pensivement Mitt Rawley.

— Il m'a sauvé la vie, avoua Malko. Sans lui, j'étais coincé. Ils étaient au moins cinq.

— Six, corrigea le chef de Station de la CIA de Beyrouth. Vous en avez abattu un, les gens des FSI deux et trois ont été arrêtés.

— Qui étaient-ils ?

— Des employés de l'ambassade syrienne, tous sous passeport diplo. Ils n'ont pas ouvert la bouche durant l'interrogatoire. Évidemment, ils ont été expulsés, reconduits à la frontière par un véhicule des FSI.

— Pas de Hezbollahs ? interrogea Malko.

L'Américain secoua la tête.

— Non, c'est une affaire syrienne. D'ailleurs le chef du moukhabarat syrien de Beyrouth a été rappelé là-bas, hier soir.

Gordon Cunningham regarda sa montre.

— Tamir Pardo est en retard. Il m'a prévenu, il devait passer par Le Caire.

Malko se resservit de café, pourtant imbuvable. Tout s'était passé très vite après l'attaque des moukharabats syriens au Four seasons et l'intervention des FSI. La Cherokee l'avait déposé à l'ambassade américaine et il avait juste eu le temps de monter dans le Blackhawk l'emmenant à Chypre pour une nouvelle réunion avec les Israéliens, suite à l'échec de la manip américaine.

Il se demandait vraiment ce que pouvait être le plan B des Israéliens… Pour l'instant, c'était la débâcle. L'homme qui aurait dû devenir le nouveau président de la Syrie était mort. Officiellement, de mort naturelle, entouré des félicitations du régime. Le général Mourad Trabulsi était aux abris, et il n'avait aucune nouvelle du colonel Ramdane Halab. Celui-ci, n'étant pas intervenu dans le « retournement » de Mohammed Makhlouf, devait être à l'abri. Hélas, il ne pouvait plus servir à grand-chose.

Le portable de Mitt Rawley sonna. Il écouta longuement et ensuite laissa tomber :

– C'était le général Rifi. Les Syriens ont vraiment fait le ménage. Le fils de Mohammed Makhlouf, le médecin oto-rhino, a été abattu ce matin dans son cabinet de l'Hôtel Dieu par deux inconnus.

– Personne ne les a arrêtés ? demanda Malko.

– Personne. Cela n'a pas duré cinq minutes. Ils venaient juste pour le liquider. Ce n'est pas tout : Farah Nassar a été tuée chez son coiffeur, rue Verdun, par un inconnu qui lui a logé une balle dans la tête.

Un ange passa, les ailes dégoulinantes de sang. Il ne fallait pas plaisanter avec les Syriens.

– Et à Damas, interrogea Malko, vous avez des nouvelles ?

– Pas encore, reconnut Gordon Cunningham. Nous n'avons plus grand monde là-bas. Les gens défilent pour présenter leurs condoléances à la famille de Mohammed Makhlouf. Visiblement encouragés par le palais présidentiel.

– On sait comment ils l'ont assassiné ?

– Non. Probablement le poison. Les Russes ont appris aux Syriens pas mal de choses.

Il y eut des pas dans l'escalier et le nouveau patron du Mossad, Tamir Pardo, déboucha de l'escalier. Ébouriffé, les traits tirés, mal fagoté. Les Israéliens n'avaient pas le sens de l'élégance. Il se laissa tomber sur sa chaise, s'excusa avec un sourire et lança à Gordon Cunningham :

– Je n'ai pas pu vous dire la vérité au téléphone. Je n'ai pas été au Caire, mais nous avons eu un *crash meeting*, avec le Premier ministre, Bibi Netanyahu et le chef du Shin Beth. À la suite de ce qui vient de se produire à Damas.

– Vous avez de nouvelles informations ? demanda vivement Mitt Rawley.

– Pas grand-chose, reconnut l'Israélien. L'ordre d'éliminer Mohammed Makhlouf est parti de la Présidence et c'est le patron de la Sécurité d'État, Ali Mamlouk, qui s'est chargé de l'exécution. On ignore encore comment. Mohammed Makhlouf a été empoisonné et a reçu l'hommage de tous les gens importants du régime.

« Il y a peut-être eu d'autres victimes collatérales, mais on le saura plus tard.

« En tout cas, le cas Mohammed Makhlouf est clos.

C'était une façon de dire les choses.

Il y eut un silence prolongé rompu par Tamir Pardo.

– Comme je vous l'ai fait savoir, nous ne renonçons pas. Même à la suite de cet échec qui n'est encore imputable à personne de précis. Mohammed Makhlouf a-t-il été imprudent ? Était-il sous surveillance ? Nous ne le saurons peut-être jamais. Les Syriens savent garder leurs secrets de famille. En tout cas, notre Premier ministre et moi-même souhaitons ne pas abandonner le cas syrien. En effet, nous estimons que nous disposons d'une fenêtre de tir très étroite pour tenter de remplacer Bachar El Assad par quelqu'un de plus présentable. Certains de nos analystes estiment que la situation s'améliore pour le régime, par rapport au mois dernier.

– Il y a eu pourtant des manifestations à Damas, même dans le quartier de Mezzeh, remarqua Gordon Cunningham. Au cœur d'un quartier sécurisé.

– C'est exact, reconnut l'Israélien, mais elles ont eu lieu au cimetière où on enfouissait les corps des manifestants tués, pas dans le quartier. Il y avait eu un accord avec les forces de sécurité.

« En dépit de cet incident, il semble que Damas tienne solidement le pays, la Russie asphyxiant toute tentative d'aide extérieure. Donc, si la situation s'améliore, personne n'aura plus envie de comploter contre le Raïs.

« Dans la seconde hypothèse, avancée par d'autres analystes, le régime pourrait s'effondrer rapidement, sous la pression des attentats perpétrés par les insurgés, et le gros des Alaouites gagner le « réduit alaouite » au-dessus de Lattaquié, où ils peuvent résister longtemps.

« Ce qui signifie l'abandon du pays aux Frères musulmans et l'éclatement de la Syrie. Même si le réduit alaouite tient longtemps.

« Nous devons donc tenter d'agir entre ces deux hypothèses dont l'une risque de se réaliser assez vite.

Il se tut et trempa les lèvres dans son café froid. Les deux Américains et Malko le fixaient, perplexes. Il parlait comme s'il possédait un *kriegspiel* tout neuf pour remplacer la manip avortée de la CIA. Gordon Cunningham rompit le silence.

– Vous m'avez dit avoir un plan B. De quoi s'agit-il ?

Tamir Pardo le regarda longuement, et dit en anglais :

– *It's a remote possibility*[1], mais nous devons courir cette chance. Il en va de l'intérêt vital d'Israël. À terme, l'encerclement des Frères musulmans nous pose une menace existentielle, pire que celle de l'Iran. Donc, il faut agir.

– Comment ? demanda Mitt Rawley.

– C'est ce dont nous avons discuté avec le Premier ministre, expliqua Tamir Pardo. Nous avions besoin de son feu vert pour avancer.

1. C'est une possibilité lointaine.

« Voilà de quoi il s'agit : avez-vous entendu parler du Comité militaire baassiste ?

– Oui, bien sûr, firent les trois hommes en chœur. Pourquoi ?

– Vous savez qu'il compte sept membres dotés des pouvoirs les plus étendus. Dont, par exemple, de donner des ordres à la garde présidentielle, par-dessus son patron, Maher El Assad.

« Nous ne connaissons pas les noms de ses sept membres, seulement de quatre. Dont l'un est Ali Douba, l'ancien patron de tous les moukhabarats, du temps de Hafez El Assad. Il s'était retiré dans son village mais a repris du service officieusement au palais présidentiel, et il a été à nouveau coopté pour être membre du C.M.B. en raison de sa fidélité et de son expérience.

Les trois hommes l'écoutaient sans comprendre où il voulait en venir.

– Donc, reprit l'Israélien, Ali Douba est membre de ce comité. Ce dernier choisit ses membres par cooptation, lorsqu'il y a une défection ou une mort.

« Grâce à des sources que je ne peux pas vous révéler, nous savons depuis déjà quelque temps, qu'en cas de disparition d'un des sept, un homme serait coopté : le chef d'État-major des Armées, le général Abdallah Al Qadam. Le ministre de la Défense étant un chrétien, c'est lui qui tient l'armée pour le régime.

« Lui est Alaouite.

– Pourquoi serait-il coopté, lui ? demanda aussitôt Gordon Cunningham.

L'Israélien n'hésita pas.

– Pour apporter un plus au Comité militaire du Baas. Le général Al Qadam a deux atouts. D'abord, il est en excellents termes avec les Pasdaran iraniens. Il a envoyé de nombreux officiers syriens se faire former là-bas, et lui-même entretient de bons rapports avec l'État-Major de Téhéran. Il se rend d'ailleurs régulièrement en Iran et a eu même l'honneur de rencontrer le Guide de la Révolution, Ali Khamenei. Or, le gouvernement syrien considère son alliance avec l'Iran comme vitale. Ce sont deux pays ostracisés par le monde entier qui se renforcent mutuellement.

« Aucun autre membre du CMB ne possède ce lien avec l'Iran.

« D'autre part, le général Al Qadam est aussi très proche du Hezbollah libanais. C'est lui qui a créé un programme d'entraide entre la Syrie et le Hezbollah. Il a accueilli en Syrie des membres du Hezbollah qui y ont reçu une formation militaire, et, d'autre part, il a envoyé des gens des Forces spéciales syriennes et des spécialistes d'interception formés par les Russes au Liban.

« Surtout, grâce à ses bons contacts avec Hassan Nasrallah, il peut contrebalancer l'influence de ce parti religieux, plutôt tourné vers l'Iran que vers la Syrie.

« Pour toutes ces raisons, en ce moment, si un membre du Comité militaire baassiste disparaissait, il y a de grandes chances pour qu'il soit coopté.

C'était passionnant, mais Malko ne voyait pas où il voulait en venir…

– Quel est le lien avec notre problème ? demanda-t-il.

Tamir Pardo le fixa avec une esquisse de sourire.

– Je vais vous révéler un secret absolu, ce que je ne pouvais pas faire sans l'autorisation du Premier ministre. Le général Abdallah Al Qadam a été en contact avec les autorités israéliennes au moment où Bill Clinton tenait à obtenir une paix séparée entre la Syrie et Israël. Abdallah Al Qadam a été mandaté par le président Bachar pour rencontrer nos autorités afin de discuter du sort du Golan, sur le plan militaire.

« Les discussions se tenaient au Caire et en Jordanie. Malheureusement, elles n'ont pas abouti et les pourparlers ont été rompus.

« Au cours de cette période, Abdallah Al Qadam a voyagé en Europe. Deux fois. Une fois en Espagne, une fois en Allemagne. À ces occasions, il a rencontré mon prédécesseur, Meir Dagan.

– Pourquoi ces rencontres ? interrogea Gordon Cunningham.

– Pour le piéger, fit simplement le patron du Mossad. Nous lui avions demandé de ne pas en parler aux autorités syriennes.

– Pourquoi a-t-il accepté ? demanda Mitt Rawley.

L'Israélien fit la moue.

– On ne sait pas vraiment. Il avait ordre des Syriens de ne pas être en contact avec des gens des Services. Il semble qu'il ait été flatté de rencontrer Meir Dagan dont il avait beaucoup parlé.

– Que s'est-il passé pendant ces deux rencontres ?

– Pas grand-chose de tangible. On a échangé des idées. On a cherché à le connaître. Bien entendu, toutes nos rencontres ont été filmées. Si, quand même, il nous a donné une information vitale : la construction du centre nucléaire avec l'aide des Nord-Coréens. Ce qui nous a permis de le détruire, des années plus tard. Tout cela avait peu de lien avec leur problème immédiat.

– Pourquoi nous parlez-vous de cet homme ? demanda Gordon Cunningham. En quoi pourrait-il nous aider dans la situation présente ?

– Une fois qu'il a été « ferré », expliqua l'Israélien, nous sommes revenus à la charge. Le menaçant de révéler les secrets qu'il nous avait dévoilés. Pour ne pas couler, il s'est enfoncé un peu plus. En nous donnant une information vitale sur l'Égypte. Dont je ne peux pas vous parler.

« Mais qu'il vous suffise de savoir que nous « tenons » le général Abdallah Al Qadam et qu'il ne peut pas nous refuser un nouveau service…

– Quel service ? demanda Malko.

– Renverser Bachar, dit l'Israélien d'une voix tranquille.

Le silence se prolongea, rompu par Gordon Cunningham. Un peu agacé.

– Est-il réellement en mesure de le faire ?

– Aujourd'hui, non, reconnut l'Israélien, même si son rôle est extrêmement important.

– Alors ?

Tamir Pardo sourit.

– Nous pourrions faire évoluer la situation.

* * *

Devant l'incompréhension visible de ses interlocuteurs, l'Israélien eut un sourire d'excuses.

– Je vous dois des explications. Vous n'avez peut-être pas suivi mon récit. Au cas où Ali Douba disparaîtrait pour une raison quelconque, les autres membres du comité militaire baassiste choisiraient très probablement le général Qadam pour les raisons que je vous ai exposées.

« Dans ce cas, s'il le voulait, il pourrait se livrer à un coup d'État. Personne ne refuse d'obéir aux ordres d'un membre de ce comité militaire. Ils ont des codes pour valider leurs communications, qui passent au-dessus de tous les autres circuits.

« Le général Qadam pourrait, par exemple, prendre le contrôle avec ses hommes du Palais présidentiel et de la personne de Bachar El Assad.

Gordon Cunningham secoua la tête.

– Tamir, c'est un conte de fées ! Je sais que vous, les Israéliens, êtes très tortueux, mais là, ça va trop loin. Même en admettant que le général Qadam accepte de vous obéir, vous reconnaissez vous-même qu'il n'est pas en situation de le faire au poste qu'il occupe maintenant.

« Alors, où est le gimmick ?

Tamir Pardo ne se troubla pas.

– Il suffirait d'éliminer Ali Douba pour faire accéder notre « protégé » au poste qui lui permettrait d'agir.

– De l'éliminer comment ? demanda Malko.

L'Israélien lui fit face.

– De la même façon qu'on a éliminé Imad Mugnieh.

Imad Mugnieh, patron de la branche extérieure du Hezbollah, vivant d'habitude à Téhéran, avait été assassiné à Damas en 2008, grâce à l'appuie-tête piégé de sa voiture, en sortant de l'ambassade d'Iran. Bien entendu, le meurtre n'avait jamais été élucidé, mais toute la communauté du Renseignement savait que les Israéliens avaient joué un rôle majeur dans cet assassinat.

– C'est votre service qui va s'en charger ? demanda aussitôt Malko, sachant que les Israéliens étaient très bien implantés en Syrie, à travers des circuits compliqués.

Tamir Pardo demeura impassible.

– Non. C'est impossible pour des raisons que je n'ai pas le droit de vous dévoiler.

– Qui alors ?

Cette fois, c'était Mitt Rawlcy qui avait parlé, sincèrement étonné. Les combines des Israéliens étaient toujours tortueuses, faisant prendre le maximum de risques à leurs partenaires. Et souvent à double ou triple détente…

– Nous aimerions sous-traiter cette partie de l'opération à vos services, dit suavement le chef du Mossad.

Tourné vers Malko, il ajouta :

– Je crois que vous êtes particulièrement bien placé
pour la mener à bien.

CHAPITRE III

Un silence surpris suivit la déclaration de Tamir Pardo. Tous les regards s'étaient tournés vers Malko. Celui-ci regarda l'Israélien.

– C'est un honneur douteux, dit-il, et peu compréhensible à mes yeux. Je ne vois pas comment je pourrais m'attaquer à Ali Douba.

– Je contrôle un agent capable de mener à bien une action à Damas, expliqua Tamir Pardo. Il s'agit d'un membre du Hamas que nous avons « retourné » depuis déjà deux ans. Un homme très proche de Khaled Meshall. Il était basé, et il y va toujours, dans un camp du Hamas sur la route de Palmyre, à côté de Damas. Comme tous les Arabes, il peut entrer en Syrie sans visa et les Services syriens le connaissent.

– Je croyais que Khaled Meshall avait quitté Damas, releva Gordon Cunningham.

– C'est exact, confirma l'Israélien, mais une poignée de ses hommes est toujours sur place, avec l'accord des Syriens, dans un camp militaire à une dizaine de kilomètres de Damas.

« Quand à Khaled Meshall, il s'est désormais installé à Doha, au Qatar, pour plaire aux Frères musulmans qui financent le Hamas.

Mitt Rawley reprit la parole, visiblement sceptique.

– Pourquoi ce Palestinien accepterait-il une mission aussi dangereuse ? Même si vous le « tenez » ?

– D'abord, ce n'est pas une mission kamikaze, corrigea Tamir Pardo. Après la liquidation de Imad Mugnieh, personne n'a été arrêté, n'est-ce pas ?

– Comment pensez-vous procéder ? interrogea Malko. Ali Douba doit être extrêmement protégé.

– Il l'est, reconnut l'Israélien, mais cela ne rend pas impossible une action contre lui. Nous avons préparé un dossier d'objectif sur lui. À Damas il serait très difficile d'agir, mais chaque semaine, le vendredi et le samedi, il retourne dans son village retrouver sa dernière épouse. C'est là qu'il faut frapper.

Malko, Mitt Rawley et Gordon Cunningham commençaient à sentir que le patron du Mossad ne parlait pas en l'air. Il s'agissait visiblement d'un projet soigneusement étudié. Comme les Israéliens savaient le faire. Tous, ici, respectaient leurs méthodes de travail. Meir Dagan avait fait des miracles en Iran, en parvenant à faire assassiner cinq savants impliqués dans la fabrication de la bombe nucléaire iranienne, sans parler d'innombrables sabotages.

Évidemment, une question s'imposait. Aveuglante. C'est Malko qui la posa :

– En quoi auriez-vous besoin de moi ? demanda-t-il. Vous avez visiblement *tout* préparé.

Tamir Pardo ne se troubla pas.

– C'est exact, reconnut-il, mais, pour des raisons politiques arrêtées au plus haut niveau, nous avons décidé de ne pas participer *directement* à l'élimination d'Ali Douba.

– Pourquoi ?

La question avait jailli de la bouche de Gordon Cunningham.

– Notre Premier ministre est le seul à pouvoir vous répondre, fit paisiblement l'Israélien. En plus, il s'agit d'une opération qui nous intéresse tous. Nous fournissons beaucoup d'éléments. Il est sain que nos alliés aillent aussi au charbon.

Un ange traversa le sous-sol en se tordant de rire. Les Israéliens avaient toujours le même culot…

Tamir Pardo se moquait carrément d'eux.

Devant le silence de ses trois interlocuteurs, il laissa tomber calmement :

– Je comprends que cette hypothèse ne vous convienne pas. Dans ce cas, nous oublions tous cette conversation.

Sous-entendu : vous vous débrouillez tout seul pour dégommer Bachar El Assad.

Il jouait sur du velours, sachant parfaitement que les Américains n'avaient pas de plan B.

Gordon Cunningham botta en touche. Tourné vers Malko, il demanda d'une voix innocente :

– Qu'en pensez-vous, Malko ?

Celui-ci faillit s'étrangler.

– Ce n'est pas moi qui décide, remarqua-t-il, furieux. Je ne suis qu'un chef de mission. Il s'agit d'une décision de Langley ou de la Maison-Blanche.

L'Américain rentra dans sa coquille comme un escargot.

– Je n'ai pas à demander de feu vert pour les modalités techniques d'une telle opération, affirma-t-il. On m'a donné une feuille de route, je l'applique. Je voulais cependant, Malko, vous demander votre avis…

Là, on était dans l'humour noir…

– Je serai ravi de collaborer avec nos amis israéliens, assura ce dernier d'un ton légèrement caustique. À condition qu'il n'y ait pas de mauvaises surprises…

Tamir Pardo réussit à prendre l'air vexé.

– Nous ne trahissons jamais nos alliés, affirma-t-il.

L'ange repassa, secoué de hoquets de rire, traînant une longue file de victimes de la bonne foi israélienne.

– OK, accepta Malko. Vous refusez de nous dire *pourquoi* vous ne voulez pas utiliser directement votre « taupe ». Cependant ce Palestinien n'est pas multi-carte. Acceptera-t-il de travailler pour la CIA ?

– Il ne saura rien ! assura Tamir Pardo. Si les choses progressent, nous vous introduirons auprès de lui comme un membre du Mossad. Actuellement, il est « traité » par le Shin Beth qui est prêt, sur mon ordre, à vous repasser tout son dossier. Pour lui, il s'agira simplement d'un changement de département.

– Il ne va rien demander ? interrogea Malko.

L'Israélien ne se troubla même pas.

– Je pense qu'il appréciera une prime. Vous en fixerez vous-même le montant.

– Cela suffira ?

– Nous le tenons par d'autres moyens, assura Tamir Pardo. Sa sœur est soignée secrètement dans un hôpital israélien pour une affection de longue durée qui l'emporterait si elle ne recevait pas les soins nécessaires. Un de ses frères est en prison chez nous. Il pourrait être beaucoup plus maltraité qu'il ne l'est. On pourrait même, en cas de succès, envisager une libération anticipée.

Les Israéliens pratiquaient toujours les mêmes méthodes efficaces et discrètes. Tamir Pardo baissa les yeux sur sa montre.

– Je dois être à Tel Aviv dans deux heures. Voulez-vous que je vous laisse réfléchir ?

Gordon Cunningham regarda Mitt Rawley qui fixa Malko. Après un silence lourd, le chef de poste de Beyrouth répondit.

– Je crois qu'il est inutile de perdre du temps. Si Malko est d'accord, nous pouvons aller de l'avant.

Comme un joueur de poker prêt à ramasser une grosse mise, Tamir Pardo « relança » :

– Je dois vous avertir qu'il s'agit d'un « one way ». Comme vous le savez, nous ne donnons jamais à un Service étranger, même ami, le nom de nos « taupes ». Il m'a fallu une autorisation écrite du Premier ministre pour le faire avec vous. Donc, une fois que je vous aurai donné le nom de cet homme, il faudra l'utiliser pour cette opération. Autrement, cela pourrait me coûter ma place.

C'était une version moderne des *Bourgeois de Calais*…

Gordon Cunningham exhala un profond soupir.

– OK.

Tamir Pardo laissa s'écouler quelques secondes, puis plongea la main dans sa vieille serviette de cuir, en sortit un dossier qu'il poussa vers Malko.

– Voilà votre « client » ! annonça le chef du Mossad.

Malko ouvrit le dossier. Il comportait d'abord une fiche signalétique au nom de Talal Abu Saniyeh, né à Gaza le 1ᵉʳ juillet 1975. Il avait rejoint le Hamas en 1993, affecté à la protection du Cheikh aveugle Yassine, fondateur du parti. Après la liquidation de ce dernier par les Israéliens, il avait été exfiltré, d'abord sur l'Égypte, puis sur la Syrie où il avait commencé à travailler avec Khaled Meshall. D'abord comme simple secrétaire, puis en qualité de porte-parole. Il voyageait souvent avec le chef du Hamas et, jusqu'au départ de Syrie de ce dernier, résidait à Damas.

Il y avait plusieurs photos d'un homme de haute taille au visage allongé, avec une barbe clairsemée, des lunettes d'écaille et un regard intelligent.

Ni adresse, ni téléphone.

Malko parcourut le reste du dossier : c'était un CV résumant ses activités. Il releva la tête.

– Il n'y a rien sur la façon dont vous l'avez recruté, remarqua-t-il.

Tamir Pardo sourit.

– Exact, mais nous ne pouvons pas en parler, cela mettrait en cause des gens qui sont toujours actifs. Cela n'a pas d'importance pour ce que vous avez à faire. Vous êtes supposé être un agent du Mossad et vous ne connaissez pas son passé. Seulement que c'est un de nos « assets ».

« Vous sentez-vous capable de vous faire passer pour un Israélien ?

– Il parle hébreu ?

– Non.

– Comment suis-je supposé me présenter ?

– Vous êtes « Dan ». Vous appartenez au Mossad, vous êtes d'origine russe et parlez cette langue. C'est la vérité, n'est-ce pas ? D'ailleurs, il ne faut pas lui laisser poser des questions. C'est *vous* qui le traitez, pas l'inverse.

– Comment expliquer le changement d'O.T. ?[1]

– Celui qui le traite depuis un an sera là. Simplement, il précisera que le Mossad a un job pour lui et qu'il change donc d'O.T.

Un silence de mort régnait dans la pièce.

– Je dois lui dire cela à la *première* rencontre ? demanda Malko.

Tamir Pardo n'hésita pas.

– Bien sûr, il est déjà conditionné. Pas de bavardages inutiles. Ce ne sont pas des relations amicales, mais professionnelles. Il vous faut simplement être crédible.

---

1. Officier traitant.

– C'est-à-dire ?

L'Israélien sourit légèrement.

– Soyez vous-même. Bien entendu, vous ne livrez aucun renseignement sur votre vie. Vous pourriez très bien être un O.T. de chez nous… Vous connaissez suffisamment le milieu…

Malko se dit que la CIA lui aurait fait tout faire.

– Bien, approuva-t-il. Quand vais-je rencontrer mon client ?

– Soyez dans deux jours au Caire, à l'hôtel Sofitel. Quelqu'un vous contactera. Il s'appelle Gédéon. Vous ferez ce qu'il vous dit. C'est l'O.T. de Talal Abu Saniyeh. C'est lui qui décidera de la façon dont vous reprenez le dossier.

« Vous êtes d'accord ?

– Oui.

L'Israélien regarda de nouveau sa montre.

– Dans ce cas, je peux rentrer à la maison. J'ai une bar-mitsvah ce soir et ma femme me tuerait si je n'étais pas là. Elle a loué toutes les chaises de ses voisines !

Il se leva, fit le tour de la table et vint serrer la main de Malko.

– Je suis sûr que vous serez à la hauteur, affirma-t-il.

C'était aussi sincère que le compliment d'un politicien, mais il fallait jouer le jeu.

– Encore une question, dit Malko. Où Talal vit-il en ce moment ?

– Il voyage entre le Soudan, la Jordanie, la Syrie, l'Égypte et le Qatar.

– Il ne vient jamais au Liban ?

– Peu. Ce serait contreproductif qu'on l'y voie. C'est devenu un homme important. Il gère les prisonniers politiques du Hamas.

– C'est-à-dire ?

– Il effectue des enquêtes sur ceux qui sont considérés comme des traîtres et attendent leur sort. Ils sont enterrés dans le camp près de Damas, à un mètre sous le sol, avec seulement un tuyau pour les nourrir. Ils peuvent rester là des mois. Quand on est certain de leur culpabilité, c'est Talal Abu Saniyeh qui vient, à travers le tuyau destiné à les nourrir, leur tirer une balle dans la tête. Une méthode très efficace : ils sont déjà enterrés, il suffit de combler le conduit d'aération…

Sur ce trait d'humour noir, Tamir Pardo quitta la pièce.

Gordon Cunningham secoua la tête.

– *My God* ! Je ne me ferai jamais à eux.

Malko eut un sourire ironique :

– C'est vrai qu'au concours des Droits de l'Homme, ils ne monteraient pas sur le podium. Mais ils sont efficaces. Vous regrettez d'avoir traité avec eux ?

L'Américain secoua la tête.

– Non. D'ailleurs, on n'a pas le choix. Je ne vais pas *tout* dire à Langley. Ils seraient horrifiés.

Mitt Rawley crayonnait sur son papier. Rêveuse-ment, il remarqua :

– L'exécution éventuelle d'Ali Douba n'est que le premier étage de la fusée. Ensuite, comment allons-nous « traiter » le général Al Qadam en supposant qu'il accède vraiment au Comité militaire baassiste ?

Gordon Cunningham eut un gros soupir.

– *One bridge at a time* ![1] lança-t-il. Tant de choses peuvent se passer. De toute façon, l'élimination d'Ali Douba est plutôt un service rendu à l'humanité. Quand on sait ce qu'il a fait aux Libanais et à certains Syriens. Je ne verserai pas une larme pour lui.

Malko réalisa soudain qu'il était arrivé à Chypre avec uniquement ce qu'il avait sur lui.

– Qu'est-ce que je fais ? demanda-t-il.

– On vous ramène, dit Mitt Rawley. Vous allez rester à l'ambassade. Il y a des chambres. J'appelle d'ici pour qu'on aille récupérer vos affaires au Four Seasons. Vous partirez directement de l'ambassade de Beyrouth pour ici et ensuite Le Caire. Après on verra.

– Beyrouth n'est pas très sain pour moi, remarqua Malko. Les Syriens sont à portée de main.

– À l'ambassade, vous êtes en sécurité, lui rappela le chef de Station. Il vaut mieux que vous alliez au Caire sans repasser *officiellement* à Beyrouth.

Cinq minutes plus tard, ils étaient dans la Chevrolet noire.

---

1. Une chose à la fois !

* * *

Malko regardait ses affaires rangées sur une table basse. Lorsqu'il était arrivé la veille, mort de fatigue, il avait grignoté un hamburger à la cantine de l'ambassade avant d'aller se coucher.

Après avoir pris sa douche, il regarda les papiers qu'on lui avait apportés : quelques messages arrivés depuis son départ. Trois provenaient de journalistes libanais sachant qu'il avait été victime d'un attentat. Dont l'un, de Tamara Terzian. Un autre venait de Mourad Trabulsi, assurant qu'il allait bien. Sans laisser de téléphone. Il essaya le portable du général libanais, mais il était coupé.

Le dernier était très court :

« Est-ce que vous êtes toujours à Beyrouth ? J'ai des choses à vous dire. »

C'était signé Naef Jna, la vendeuse de Farah Nassar, et elle avait joint le numéro de son portable. Que pouvait-elle lui vouloir ?

Il ne se posa pas longtemps la question : la ligne intérieure sonnait. C'était Mitt Rawley.

– Je vous attends à mon bureau, dit le chef de Station.

Il n'y avait que la cour à traverser. L'Américain accueillit Malko avec un large sourire et lui tendit un billet d'avion.

– Le Blackhawk vous conduira à midi à Chypre, d'où vous partirez. Vous avez une réservation au Sofitel.

Il n'y a plus qu'à attendre « Gédéon ».

CHAPITRE IV

– Avez-vous quelqu'un à nommer à Beyrouth en remplacement de Mahmoud Chamar ? demanda Maher El Assad à Ali Mamlouk.

Le chef de la Sûreté de l'État avait prévu la question. Il sortit de sa serviette une feuille comportant trois noms avec leur CV et la tendit à son vis-à-vis. Tous des Alaouites. Maher El Assad l'avait convoqué à midi pour faire le point après l'élimination de tous ceux liés à l'affaire Mohammed Makhlouf et remplacer ceux qui devaient l'être.

Le frère de Bachar El Assad reprit la liste des trois noms et en choisit un qui avait déjà fait preuve de sa fidélité au régime.

– Tarak Sahlab fera l'affaire, décida-t-il. Il a déjà été au Liban, connaît bien nos amis du Hezbollah et a toute sa famille, ici, à Damas. Qu'il parte le plus tôt possible.

En gardant l'œil sur sa famille, on s'assurait de sa fidélité. Au moindre dérapage, ses membres se retrouvaient en prison, ou exécutés. Venant au-devant des questions, Ali Mamlouk précisa :

– J'ai prévenu Beyrouth que Mahmoud Chamar avait été envoyé en mission spéciale pour plusieurs mois, afin de le récompenser de son action.

Personne ne poserait de questions.

– Et les autres membres de l'unité ? insista Maher El Assad.

– Ils ont tous été rapatriés ici, assura Ali Mabrouk. Je les ai nommés en province.

– Il ne reste donc plus que le sort de cet agent de la CIA à régler, souligna Maher El Assad.

Ali Mamlouk baissa la tête.

– C'est vrai, il nous a échappé, à cause de l'intervention des FSI.

Les traits de Maher El Assad se crispèrent et il lâcha entre ses dents :

– Ce fils d'un chien et d'une truie de Ashraf Rifi doit être puni. Il nous hait. Organise quelque chose.

– Il est extrêmement bien protégé, avança Ali Mamlouk. Les Français ont donné aux FSI des systèmes de screening des communications téléphoniques qui leur permettent beaucoup d'interceptions.

Maher El Assad le fixa sévèrement.

– Obéis à mes ordres. Il faut dégager Ashraf Rifi.

Recroquevillé, Ali Mamlouk baissa la tête et bredouilla :

– Je vais faire le nécessaire…

– Fais-le avec tes gens, recommanda le frère de Bachar El Assad. Le Hezbollah, en ce moment, ne veut pas être en première ligne.

« Autre chose ?

– Non. Ici, à Damas, tout est sous contrôle. Les cérémonies de condoléances sont terminées chez Mohammed Makhlouf. Dans peu de temps, on aura même oublié son existence.

Pour la première fois, un léger sourire surgit sous la moustache de Maher El Assad.

– C'est ainsi que les choses doivent être ! À Homs, nous menons le dernier assaut. Si Allah est avec nous, tout sera terminé d'ici une semaine.

Ali Mamlouk ne releva pas. Ses informations étaient un peu différentes. En dépit du pilonnage d'artillerie, les rebelles de Homs tenaient toujours.

En plus, la chaîne Al Jezirah répercutait désormais leurs exploits quotidiennement, sur l'ordre du cheikh Hamad Ben Khalifa Al Thani, l'Émir du Qatar, le protecteur n° 1 des Frères musulmans. La rébellion n'était pas encore matée, mais on ne contredit pas son chef.

Ce dernier se leva et jeta un regard sévère à Ali Mamlouk.

– Ne te relâche pas ! Les Américains vont certainement tenter autre chose.

*　*　*

Naef Jna, la vendeuse de la bijouterie Nassar, sursautait chaque fois que la porte du magasin s'ouvrait. À l'enterrement de sa patronne, Farah Nassar, elle avait rencontré son veuf. En dépit des circonstances, celui-ci l'avait draguée comme un fou, sous prétexte de partager sa douleur. La main passée autour de sa taille était très vite descendue pour suivre la courbure de sa croupe, tandis qu'on jetait des roses sur le corps enroulé d'un drap blanc descendu dans la fosse.

– Je ne veux plus travailler à la bijouterie, lui avait ensuite annoncé Naef Jna.

– Pourquoi ?

– J'ai peur. Après ce qui est arrivé à votre femme…

– Je ne comprends pas ! avait répliqué le veuf. Vous ne risquez rien. Vous n'êtes pas mêlée à cette affaire.

Naef Jna n'avait pas osé lui dire que c'était inexact. Elle devinait que le meurtre de sa patronne avait à voir avec sa liaison avec cet agent de la CIA. Celui-ci avait disparu de Beyrouth, mais elle avait entendu parler de la fusillade à l'hôtel Four Seasons. Certes, aucun nom n'était cité et on ne montrait que les photos des morts syriens.

Seulement, elle n'ignorait pas que Malko Linge demeurait au Four Seasons. C'était une coïncidence troublante.

– Je vais encore venir jusqu'à la fin du mois, avait-elle conclu. Ensuite, je m'en vais.

La cérémonie était terminée et ils marchaient dans une des allées du cimetière. Le veuf de Farah Nassar l'avait prise par le bras, la serrant à lui faire mal.

– Farah avait confiance en toi, dit-il à voix basse. Cette boutique marche bien. Je te donne 200 000 livres [1] de plus par mois si tu restes.

---

1. Environ 250 dollars.

« Je viendrai en discuter à la boutique.

Il n'était pas encore venu, mais Naef Jna savait qu'il tiendrait sa promesse. En plus de la boutique ouverte, il avait visiblement une furieuse envie de la sauter. Ce qui la fit repenser à Malko Linge. Elle n'arrivait pas à comprendre pourquoi elle lui avait fait spontanément l'offrande de sa bouche. N'arrivant pas à s'avouer qu'il l'attirait énormément.

*
* *

Walid Jalloul, le responsable de la Sécurité du Hezbollah, regarda autour de lui avant d'entrer dans un petit immeuble de la place n°4 du secteur 70, selon l'ancienne terminologie française du plan de Beyrouth. En plein cœur de Bourj El Brajnieh.

Le guetteur le salua d'un signe de tête et reprit sa veille.

La cave de ce petit immeuble d'habitation communiquait, grâce à un souterrain, avec un local secret du Hezbollah, installé sous le troisième sous-sol du parking du supermarché, de l'autre côté de la place n°4.

Ce local servait aux réunions secrètes et pouvait être utilisé comme abri, ce qui avait été le cas durant l'offensive des Israéliens sur Beyrouth, lorsqu'ils déversaient un tapis de bombes sur le Hezbollahland.

Muni de l'air conditionné, de plusieurs entrées, il était insoupçonnable et, seuls, quelques hauts responsables du Hezbollah connaissaient son existence. Ce qui expliquait que le Mossad n'ait jamais réussi à le repérer.

Un autre guetteur attendait devant la porte blindée donnant accès au local.

– Le *sayyed*[1] vient d'arriver, glissa-t-il à Walid Jalloul.

Cette réunion impromptue et secrète avait pour but d'examiner la situation, après l'incident du Four Seasons et le meurtre de Farah Nassar.

Lorsque Walid Jalloul arriva dans la pièce de réunion, il y avait déjà Hassan Nasrallah, ses gardes du corps relégués dans un petit bureau voisin et quatre dirigeants du Hezbollah, dont le chef de la branche militaire.

Hassan Nasrallah se tourna vers Walid Jalloul.

– As-tu eu des explications sur le meurtre de notre sœur Farah Nassar ? À mes yeux, elle n'a commis aucune faute. De plus, son mari est un de nos contributeurs réguliers et un bon musulman.

Walid Jalloul secoua la tête.

– Non. Le chef du moukhabarat syrien est reparti pour Damas et n'a pas encore été remplacé. Celui qui a commis le meurtre a disparu aussi. Vraisemblablement exfiltré sur la Syrie. Je suis sûr que l'ordre d'élimination est venu de Damas.

– Il faut que tu y ailles, demanda Hassan Nasrallah. Les Syriens n'ont pas le droit de se conduire ainsi.

---

1. Descendant du Prophète.

Sans même nous avertir. Il faut parler avec quelqu'un de haut placé.

– Ils vont mentir, objecta Walid Jalloul. Nous ignorons pourquoi tout cela s'est passé. Les Syriens ont déjoué une manœuvre contre eux, mais je ne possède aucun détail. Seul indice, Mohammed Makhlouf, le superviseur de tous les moukhabarats, est mort subitement la semaine dernière, officiellement de mort naturelle. Très probablement liquidé.

– Qu'avait-il fait ?

– On n'en sait rien.

Hassan Nasrallah demeura silencieux. Depuis quelque temps, les rapports étaient tendus entre le Hezbollah et le régime de Bachar El Assad, pourtant leur allié le plus utile, après l'Iran. Toutes les fournitures militaires du Hezbollah passaient par la Syrie…

Certes, une partie du Hezbollah était pro-syrien, mais le plus gros du mouvement était pro-iranien, la Syrie n'étant qu'un allié utile, presque indispensable.

Depuis le début du soulèvement en Syrie, le Hezbollah l'avait certes aidé en envoyant des cadres militaires encadrer les unités syriennes dont Bachar El Assad n'était pas totalement sûr, mais c'était à peu près tout. Sous la surveillance des FSI acquise aux sunnites libanais, le Hezbollah faisait profil bas. Au Liban, il était déjà un parti politique reconnu et ne voulait pas provoquer une crise de régime.

Bien sûr, cette neutralité n'était pas du goût des Syriens, mais ils ne disaient rien.

De son côté, le Hezbollah cherchait un plan B. Si les sunnites s'emparaient de la Syrie, ils bloqueraient leur approvisionnement en armes.

Le problème, c'est qu'il n'y avait pas de solution alternative. Certes, l'Irak était sous influence chiite, mais il n'avait pas de frontière commune avec le Liban. Entre eux, il y avait la Jordanie, aux mains des sunnites et partiellement contrôlée par les Américains et Israël.

Bref, Hassan Nasrallah n'avait pas pour le moment de solution de rechange.

– Et les Américains, demanda-t-il, comment réagissent-ils?

Walid Jalloul répondit aussitôt :

– Nous nous efforçons de maintenir des rapports corrects avec eux. D'ailleurs, lorsque nous avons appris que les Syriens avaient lancé une équipe de tueurs sur cet agent de la CIA, Malko Linge, nous l'avons fait avertir par Mourad Trabulsi.

« Cette intervention lui a sauvé la vie.

Hassan Nasrallah approuva.

– C'est bien! Sa mort ne nous aurait rien apporté, même s'il compte au nombre de nos ennemis.

On était en Orient et les alliances se renversaient rapidement. Seulement, une vraie alliance Hezbollah-États-Unis était impensable. Le mouvement chiite libanais était l'allié du diable : l'Iran.

– Comment évolue la situation en Syrie? demanda Hassan Nasrallah.

– Ils tiennent, répondit sobrement Walid Jalloul.

– Qu'Allah veille sur eux ! soupira Hassan Nasrallah.

La Syrie était encore son meilleur allié. Maintenant
que le Hezbollah avait conquis pacifiquement et poli-
tiquement le Liban, il devait garder sa force qui le
faisait respecter. Et pour cela, il avait besoin de l'Iran.
Donc, de la Syrie.

– Où est passé cet agent des Américains, Malko
Linge ? demanda-t-il.

– Les Américains l'ont exfiltré sur Chypre, répondit
Walid Jalloul. Il n'est pas certain qu'il revienne au
Liban. Les Syriens ont la rancune tenace.

– S'il revient, prévenez-moi, demanda le chef du
Hezbollah. Il faudra lui faire savoir, si ce n'est pas
déjà fait, qu'il nous doit la vie…

Il valait mieux avoir des amis que des ennemis. Au
moment où il se levait, il posa une dernière question.

– Et Mourad Trabulsi ?

– Je crois qu'il se terre à Broummana, chez des
amis. Les Syriens ont essayé de le tuer.

– Il nous a déjà rendu pas mal de services, non ?
releva Hassan Nasrallah.

– Oui.

– Bien, contactez les Syriens et faites-leur savoir
que je tiens personnellement à ce qu'on lui fiche la
paix. Il peut nous être encore très utile.

Il se leva et tous en firent autant. En passant près de
Walid Jalloul, le *Sayyed* lui glissa :

– Surveillez bien le retour éventuel de Malko
Linge.

CHAPITRE V

Une felouque longea silencieusement la pointe de l'île plantée au milieu du Nil où se dressait le Sofitel. À cette heure matinale, il n'y avait pas encore de bateaux de touristes avec leurs haut-parleurs assourdissants. Un soleil radieux brillait sur Le Caire, même si le fond de l'air était plutôt frais.

Malko terminait son breakfast, à côté d'un couple de touristes espagnols, la main dans la main, sur la terrasse en plein air, au ras de l'eau. Un lieu idyllique. Arrivé la veille de Chypre, il attendait son contact israélien. Pendant les quelques heures qu'il avait passées au Liban la veille, à l'ambassade américaine, lui et Mitt Rawley avaient longuement pesé le pour et le contre de l'opération proposée par les Israéliens, concluant qu'elle avait une toute petite chance de succès. D'autant qu'il restait un gros point d'interrogation. En supposant que l'élimination d'Ali Douba se déroule bien et que le général Abdallah Al Qadam soit ensuite coopté au Comité militaire baassiste, il restait encore une sacrée inconnue. Comment le convaincre de coopérer dans une opération hyper-dangereuse où il risquait sa tête ?

Et même, avant cela, comment lui transmettre cette attrayante proposition ?

Langley avait donné son feu vert : la situation en Syrie ne s'arrangeant pas, le remplacement du président devenait urgent. Sans crier gare, les Alaouites pouvaient décider d'abandonner Damas pour le Djebel alaouite. Dans ce cas, c'était la fin de la Syrie, et le début de très gros problèmes pour Israël, confronté à un nouveau pouvoir radical musulman à ses frontières, plus un échec pour la CIA.

Malko regarda sa montre : dix heures. Il allait remonter dans sa chambre pour attendre l'appel de Gédéon, l'agent du Shin Beth envoyé par Tamir Pardo.

Il venait de lever le bras pour demander l'addition quand un homme corpulent, de type oriental, boudiné dans une saharienne kaki, débarqua sur la terrasse. Le regard dissimulé derrière des lunettes noires.

Il s'arrêta quelques secondes, examinant les lieux, avant de se diriger vers Malko et de s'asseoir en face de lui.

– Je suis Gédéon ! annonça-t-il. Vous êtes Malko ?

Il ôta ses lunettes noires et Malko découvrit des yeux globuleux sous des sourcils roux. Un regard vif et dur. Devant sa réticence, l'homme enchaîna :

– Tamir vous a décrit. J'ai appelé votre chambre de la réception. On m'a dit que vous étiez ici.

Comme ils n'étaient que trois sur la terrasse du breakfast avec les deux Espagnols, il n'y avait pas d'erreur possible.

Un garçon s'approcha et Gédéon commanda un café. Son regard enveloppa Malko et il dit à voix basse :

– Je suis heureux de faire votre connaissance, j'ai beaucoup entendu parler de vous.

Il ne dit pas si c'était en bien ou en mal. Malko n'avait pas toujours été tendre avec les Israéliens, démontant même une de leurs plus belles manips [1].

– Où est le « client » que vous devez me présenter ? demanda Malko.

– Dans le local d'un hôtel sécurisé par le moukhabarat égyptien. Il y a en ce moment une grande réunion entre le Hamas et le Fatah pour consolider une éventuelle réconciliation. Bien entendu, Khaled Meshall en fait partie et il s'est fait accompagner comme secrétaire de Talal Abu Saniyeh. Après la conférence, celui-ci doit repartir pour Damas afin d'expliquer aux membres du Hamas qui sont encore là-bas ce qui s'est dit.

Malko faillit lui dire que ce serait une excellente occasion pour le Palestinien de préparer l'action contre Ali Douba, mais quelque chose le retint.

– Vous savez ce que je dois faire avec Talal ? demanda-t-il.

L'Israélien esquissa un sourire.

– Non, et je ne veux surtout pas que vous m'en parliez ! À partir du moment où il est géré par vous, il ne m'appartient plus.

1. Voir SAS 183 et 184, *RENEGADE*.

Toujours le cloisonnement…

– Comment fait-on ? demanda Malko.

– Talal habite au Bostan, dans Mohammad Farid Street, mais il ne faut surtout pas l'y rencontrer. L'hôtel est surveillé par le moukhabarat égyptien qui veille sur les gens du Hamas comme le lait sur le feu. Ils essaient d'encourager le rapprochement entre Hamas et OLP, mais se méfient d'eux.

« Dès que Khaled Meshall arrive au Caire, il est pris en main par les Services. Les Palestiniens n'ont pas de chance, on s'intéresse beaucoup à eux.

« Quand Khaled Meshall retourne à Doha, ce sont les « Frères » qui s'occupent de lui.

– Il habite le Qatar ? demanda Malko, étonné.

– Oui. Depuis qu'il a quitté la Syrie à l'invitation des Frères musulmans.

– Au Qatar, remarqua Malko, les Américains sont tout-puissants.

L'Israélien sourit.

– Pas autant que l'Émir Hamad Ben Khalifa, protecteur des Frères Musulmans et donc du Hamas. Cela permet à celui-ci de parler discrètement avec eux.

Brutalement, Malko eut une illumination. Pour qui allait-il vraiment travailler en éliminant Ali Douba ? Pour la CIA ou pour les Frères musulmans ? Qui, *eux*, avaient intérêt à affaiblir le régime alaouite.

Au fond, personne ne savait vraiment pour qui roulait Talal Abu Saniyeh.

Gédéon interrompit ses réflexions.

– Nous allons nous retrouver tous les deux à la Gare centrale, à six heures. Veillez à ne pas être suivi. Le moukhabarat est très actif. Nous y retrouverons Talal qui sortira de chez sa maîtresse. Comme il vient souvent au Caire, il s'est organisé. C'est aussi une Palestinienne, chanteuse dans les cabarets.

– Vous la *tenez* ?

– Évidemment ! fit Gédéon. C'est même nous qui l'avons aidé à la trouver. Seulement, il l'ignore.

– Ce ne serait pas plus simple de le voir ailleurs ?

– Non. Il va quitter la réunion avant la fin, prétextant un rendez-vous important. Bien entendu, le moukhabarat va le suivre. Jusqu'au domicile de cette femme.

« Ils ont l'habitude, il s'y rend chaque fois qu'il est au Caire. Il y reste jusqu'à huit heures environ, heure à laquelle elle part travailler à son cabaret. Donc, les moukhabarats décrochent dès qu'il est entré et reviennent vers sept heures et demie.

« Ils ignorent que cet immeuble a une seconde sortie.

« Ce qui permettra à Talal de nous rejoindre. À la cafétéria de la Gare Centrale.

– Très bien, dit Malko. On se retrouve donc là-bas à six heures.

– Oui, encore deux choses. D'abord, il vous faut un nom, enfin un pseudo : que pensez-vous de Dan ?

– Pourquoi pas ? accepta Malko.

– À la fin de notre conversation, précisa Gédéon, je m'adresserai à vous en hébreu. Une phrase assez longue. Vous me répondrez simplement « ken »[1]. De façon à bien établir votre appartenance à Israël.

– Pas de problème. Vous allez donc simplement me « remettre » Talal dont je serai le nouvel O.T. Quelles sont vos modalités de contact ?

– C'est dans le dossier que vous a remis Tamir. Vous correspondez avec lui par l'intermédiaire d'un numéro à Nicosie. Une boîte aux lettres morte. Pour récupérer le message vous composez le code qui donne accès à la boîte vocale. Voilà le portable sécurisé que vous devez utiliser pour cette liaison. OK ?

Il lui remit un petit Nokia gris et son chargeur. Malko l'empocha.

– OK.

– Alors, à tout à l'heure.

Il se leva et quitta Malko sans lui serrer la main.

Talal Abu Saniyeh regarda discrètement sa montre. La pièce était enfumée, car la plupart des protagonistes fumaient comme des pompiers. Il y avait là une trentaine de personnes représentants du Hamas et de l'Autorité palestinienne, plus des membres des Frères musulmans du Caire et d'autres venus de Doha.

C'était toujours un peu la même discussion : aucune des deux parties n'avait envie de se réconcilier, mais la pression des Frères et du Qatar était telle qu'ils avançaient à reculons vers une solution.

1. Oui.

Le Palestinien se pencha à l'oreille de Khaled Meshall assis à sa gauche et murmura :

– *Sidi*, il faut que j'y aille. On se retrouve ce soir pour dîner.

Khaled Meshall inclina la tête, sans même répondre, trop concentré par la voix mielleuse du représentant de Doha. C'est tout juste s'il vit le départ de son secrétaire.

À peine sorti, Talal Abu Saniyeh arrêta un taxi et lança l'adresse de sa copine.

Il était beaucoup plus motivé par le désir de la retrouver que par le rendez-vous avec son « traitant », organisé depuis Nicosie. Un rendez-vous de routine dont il ignorait le motif. L'Israélien voulait probablement lui demander des nouvelles des négociations.

Seul problème, cela l'empêcherait de profiter totalement de Leila…

Il se retourna et aperçut la voiture des moukhabarats. Une vieille Mercedes grise avec deux hommes à bord. Ils ne se cachaient même pas. Lorsqu'il paya le taxi, il vit du coin de l'œil la Mercedes ralentir, puis continuer sa route. Ils étaient rassurés. Il s'engagea sous le porche et monta quatre à quatre les deux étages de l'immeuble vieillot et décati.

Leila lui ouvrit, souriante, et il la prit aussitôt par la taille, la repoussant à l'intérieur.

– *Ya habibi* ! fit-il. Tu es vraiment bandante.

Elle portait un haut décolleté cachant à peine le soutien-gorge noir et une minijupe si courte qu'au moindre mouvement on voyait sa culotte. Très bien foutue et gentille. Grâce à son métier, qu'elle n'avait pas avoué à sa famille restée à Gaza, elle arrivait à vivre correctement.

Connaissant ses goûts, elle le précéda dans la chambre et commença une sorte de danse orientale destinée à le mettre en condition. Sachant comment rendre un homme fou de désir.

Tous les soirs, dans son cabaret de plus en plus déserté par les touristes, elle pouvait mesurer son pouvoir sur les hommes.

Très vite, quand elle plaqua ses doigts sur le pantalon du Palestinien, elle put vérifier l'effet de sa danse.

Talal Abu Saniyeh tirait déjà sur son zip. Sachant qu'il ne disposait pas de beaucoup de temps, il avait envie de profiter de ce moment de détente. Dès qu'il eut libéré son membre dressé vers le plafond, il s'assit sur le lit et tendit les bras à Leila.

– *Yallah, Habibi* !

La danseuse ne se fit pas prier : elle trouvait Talal très séduisant et pas ennuyeux.

Elle s'approcha, remonta légèrement sa mini afin de pouvoir s'installer à califourchon sur lui et écarta l'élastique de son slip noir.

Le Palestinien n'eut qu'à se guider dans le ventre ouvert et Leila s'empala complaisamment jusqu'à la garde. Le long sexe chatouillait le fond de son vagin, ce qui accroissait son excitation. D'un commun accord, ils adoptèrent une vitesse de croisière qui s'accéléra peu à peu. Ils ne parlaient pas, soufflaient très fort, concentrés sur leur plaisir.

Du sexe à l'état pur.

Quand il se sentit prêt de jouir, Talal abandonna les hanches de sa maîtresse pour lui saisir les seins à pleines mains. Il les serrait encore lorsqu'il explosa. Leila demeura contre lui, empalée, la tête sur son épaule. Elle n'avait pas joui, mais elle se sentait bien.

– Repose-toi un peu, on va recommencer, dit-elle. Je vais faire du thé.

Délicatement, elle se dégagea et se remit debout. Talal lui ôta tout de suite ses illusions.

– Aujourd'hui, je n'ai pas le temps ! s'excusa-t-il.

Leila n'insista pas.

– Tu veux sortir par derrière ?

À travers une cour, on accédait à un second immeuble, mais il fallait une clef pour y parvenir.

– Oui, admit Talal.

Quand elle lui remit la clef, il la serra contre lui et promit :

– Si je peux, je reviens demain.

Il n'avait aucune idée de ce qu'allait lui demander son OT.

*
* *

Malko débarqua à la Gare centrale avec dix minutes d'avance. Il était parti à pied du Sofitel, effectuant un circuit compliqué pour éviter toute filature. A priori, les Services égyptiens n'avaient aucune raison de s'intéresser à lui, mais il valait mieux être prudent.

Il parcourut des yeux le grand hall fourmillant de voyageurs et aperçut la cafeteria où il avait rendez-vous. Rien que des hommes et des familles encombrées de gosses et de paquets.

Il repéra très vite Gédéon, assis à une table à l'écart, devant un café. L'Israélien, lorsque Malko le rejoignit, dit simplement :

– Il n'est pas encore arrivé, les Arabes ne connaissent pas le temps. Vous avez été prudent ?

– Absolument, affirma Malko.

À son tour, il commanda un café. On le lui apportait lorsque surgit un homme de haute taille, la quarantaine, un grand nez, une courte barbe, dans un costume mal coupé grisâtre. Il jeta un coup d'œil surpris à Malko et s'assit.

– Ça va, Talal ? demanda Gédéon en anglais.

– *Oui*, fit le Palestinien. La réunion s'est mal passée. Ils ne sont pas arrivés à se mettre d'accord.

Gédéon sourit.

– Ce n'est pas pour cela que je voulais te voir, mais pour te présenter mon ami Dan. Il travaille dans une structure un peu différente de la mienne, mais c'est un ami.

– Ah bon ! fit le Palestinien sur ses gardes, avec un regard en coin à Malko.

– Dan va me remplacer auprès de toi, expliqua Gédéon, tu changes de crèmerie, mais c'est toujours la même maison. Je lui ai dit à quel point nous nous sommes bien entendus. J'espère qu'il en sera de même avec lui.

Talal Abu Saniyeh semblait perdu. Presque anxieusement, il demanda :

– Je ne vous verrai plus ?

– Non, mais tous les accords pris avec moi continuent. Si tu as un problème, tu le dis à Dan. Tu peux avoir confiance en lui comme en moi.

« Bien entendu, il faut l'écouter comme tu as fait avec moi.

« OK ?

– OK.

La tension du Palestinien était visible : il ne s'attendait visiblement pas à ce changement de monture… Il vida nerveusement son café d'un coup.

Gédéon échangea un regard avec Malko et commença à lui parler en hébreu. Une très longue phrase. Lorsqu'il se tut, Malko fit simplement :

– *Ken. Ken.*

Gédéon tendit alors la main à Talal et lança à la cantonade :

– Je vous laisse. J'espère que tout se passera bien, Inch Allah.

Talal Abu Saniyeh le regarda s'éloigner avant de se tourner vers Malko.

– Vous avez quelque chose à me demander ? interrogea-t-il. Je n'ai pas beaucoup de temps.

La mission de Malko commençait. Le Palestinien l'observait avec intensité. Il lui sourit et demanda simplement :

– Connaissez-vous Ali Douba ?

– De nom, dit Talal Abu Saniyeh, visiblement surpris. Pourquoi ?

Malko ne répondit pas directement.

– Du Caire, vous retournez en Syrie ?

– Oui, demain ou après-demain.

– Bien, dit Malko, nous envisageons une opération sur Ali Douba où nous avons besoin de votre collaboration.

CHAPITRE VI

— Une opération ? répéta Talal Abu Saniyeh. Laquelle ?

— Son élimination, précisa calmement Malko.

Talal Abu Saniyeh demeura muet, comme frappé de stupeur, puis protesta :

— Je n'ai jamais conduit d'action de ce type. En plus, Ali Douba est un homme très puissant, invisible et très bien protégé, certainement. Je ne sais rien de lui, sauf qu'il dispose d'un bureau au Palais présidentiel. Ne croyez pas que les Syriens nous fassent confiance, à nous les Palestiniens. Ils se méfient, ils pensent toujours que nous sommes manipulés. Surtout depuis que Khaled Meshall est parti s'installer à Doha. Là-bas, il y a beaucoup d'Américains. En plus, nous, au Hamas, ne sommes pas chiites.

Il faisait tout pour se défiler. Malko ne se laissa pas impressionner :

— Je sais tout cela, enchaîna-t-il. Je vais vous fournir des éléments pour la préparation de cette action. Vous vous souvenez de l'élimination de Imad Mughnieh ?

C'était aussi un homme bien protégé. Tout est une question d'organisation.

Talal Abu Saniyeh secoua la tête.

– Ce que vous demandez est impossible. Imad Mughnieh n'était pas Syrien.

– Rien n'est impossible, assura Malko. En plus, il s'agit d'une opération spéciale pour laquelle vous recevrez une prime importante. Dix mille dollars.

– Si je suis mort, cet argent ne me servira à rien, remarqua le Palestinien.

– Vous ne serez pas mort, affirma Malko. Combien de temps comptez-vous rester à Damas ?

– Trois ou quatre jours.

– Où allez-vous ensuite ?

– Peut-être à Doha, peut-être ici au Caire.

– Lorsque vous serez en Syrie, il faut que vous vous arrangiez pour vous rendre au village de Ali Douba. Ce n'est pas très loin de Damas, à une trentaine de kilomètres, sur la route n° 5, qui va vers le sud. Le village s'appelle As Sanamayn.

« Ali Douba rentre tous les jeudis soir jusqu'au dimanche matin dans sa propriété. Celle-ci est évidemment très bien protégée et il est hors de question de s'y attaquer.

« Par contre, le dimanche matin, quand il regagne Damas, il n'a comme protection que son chauffeur et un garde de sécurité.

– C'est encore trop, lâcha Talal Abu Saniyeh.

– Certes, reconnut Malko, mais, avant de repartir pour Damas avec son patron, le chauffeur va acheter des *mamakish*, des petites pizzas au thym, dont Ali Douba raffole, dans une pâtisserie sur la place principale de As Sanamayn.

« Là, il est seul.

« Il gare la voiture dans le magasin et la laisse sans protection quelques instants. Il n'y a donc personne à l'intérieur. Il vous serait facile de vous en approcher et de coller sous la caisse une charge explosive magnétique, avec un détonateur retard d'une vingtaine de minutes.

« Le mieux, c'est que vous vous déplaciez à moto.

« Lorsque la charge explosera, avec Ali Douba dans la voiture, vous serez loin.

« L'action ne prend que quelques secondes.

Talal Abu Saniyeh regardait ses pieds.

– C'est très dangereux, dit-il, buté. Et où vais-je trouver un engin explosif comme ce que vous décrivez ?

– Nous savons que votre organisation en possède. C'est du matériel russe. Il vous est facile d'en voler un dans votre camp militaire.

« Sinon, je pense que nous pourrions vous en fournir un sur place.

Talal Abu Saniyeh ne semblait pas partager l'optimisme de Malko.

– Vous savez bien que c'est une opération très difficile et très risquée, répéta-t-il. Si je me fais prendre…

– Vous ne vous ferez pas prendre, assura Malko, si vous travaillez bien.

Le Palestinien regarda soudain sa montre.

– Je dois y aller, dit-il.

– J'attends que vous me laissiez un message sur le répondeur de Chypre d'ici quelques jours, insista Malko. De façon à fixer une nouvelle rencontre, et à faire avancer notre projet.

Talal Abu Saniyeh était déjà debout. Il tendit mollement la main à Malko et dit :

– Je vous laisserai un message, Dan.

Il ne semblait pas apprécier le changement d'OT. Malko le regarda se perdre dans la foule du grand hall. Heureusement que les Israéliens le tenaient d'une main de fer. Sinon, il n'aurait jamais bougé.

À son tour, Malko se dirigea vers la sortie de la gare et prit un taxi pour retourner au Sofitel. Il repartait le lendemain matin pour Chypre et ensuite, après consultation des Américains, pour Beyrouth.

Là étaient ses sources d'information. Même si sa tête était mise à prix par les Syriens.

* * *

Tarak Sahlab, le nouveau patron du moukhabarat syrien à Beyrouth, écoutait attentivement Walid Jalloul, son homologue du Hezbollah, venu lui rendre une visite pour son arrivée au Liban. Il avait entendu parler de lui et le respectait. D'ailleurs, le Hezbollah était l'allié n°1 de la Syrie au Liban et il avait reçu l'ordre de Damas, avant de partir, de tout faire pour garder de bonnes relations, même si le Hezbollah était plutôt tiède sur les affaires brûlantes.

– Puis-je t'aider dans sa mission à Beyrouth? demanda le Libanais.

Façon aussi de savoir *quelle* était sa mission.

– J'ai l'ordre d'éliminer le général Ashraf Rifi, dit le Syrien. Le chef trouve qu'il nous gêne.

– Il est très actif, reconnut Tarak Sahlab, mais très difficile à atteindre. Le FSI a de très bons moyens techniques.

– On y arrivera quand même, fit le Syrien avec confiance.

Il se croyait encore à l'époque où les Syriens liquidaient tous leurs opposants au Liban, à coups de voitures piégées, dans la plus totale impunité. Hélas pour lui, le général Rifi n'était pas un opposant désarmé.

– Inch Allah! lança Walid Jalloul. Si je pouvais t'aider, je le ferais, mais le Sayyed s'oppose à toute action directe, pour l'instant. C'est tout ce que tu as à faire à Beyrouth?

– Non, je dois éliminer ce chien de général Mourad Trabulsi, qu'il crève en enfer. Il a tué trois de nos hommes en piégeant son appartement avec une mine antichar.

Walid Jalloul demeura impassible, mais laissa tomber:

– J'allais te parler de lui! Je lui reproche évidemment sa conduite inqualifiable. Il a dû se laisser piéger par les Américains, mais le *Sayyed* souhaite qu'on ne le punisse pas. Enfin, pas tout de suite.

Le Syrien lui jeta un regard noir.

– Pourquoi ? C'est un chien de Chrétien qui travaille avec nos pires ennemis.

– Il travaille *aussi* avec nous, rétorqua Walid Jalloul. C'est une source précieuse de renseignements. Il nous a déjà rendu de nombreux services. En plus, il peut t'aider aussi, car il a ses entrées aux FSI.

Tarak Sahlab ne semblait pas convaincu.

– J'égorgerai ce chien avec bonheur, lâcha-t-il. Je vais demander à Damas ce qu'ils en pensent.

Walid Jalloul ne répondit pas, sachant que Damas n'irait jamais contre une demande du *Sayyed*.

Comme il se levait, le Syrien demanda :

– Ce chien d'agent de la CIA, Malko Linge, n'est pas revenu à Beyrouth ?

Pour lui, le monde, à part les Alaouites, n'était qu'un vaste chenil.

– Il a quitté Beyrouth, assura Walid Jalloul, et je doute qu'il y revienne.

– J'espère qu'il va revenir, grommela le Syrien. Je veux moi-même trancher sa gorge de chien.

Au moins, il avait de la suite dans les idées. Les deux hommes se séparèrent après une longue étreinte. En regagnant sa vieille Mercedes, Walid Jalloul était content : il avait sauvé la tête de Mourad Trabulsi. Il avait toujours eu un faible pour l'homme aux dix-sept oreilles qui parvenait à louvoyer entre ses nombreux amis, tous plus dangereux les uns que les autres…

Il allait pouvoir lui dire de redescendre de Broummama.

*
* *

Malko regardait défiler les lumières de l'avenue
Charles Helou. Arrivé de Chypre par un hélicoptère
de la CIA en provenance de Nicosie, il avait décidé de
revenir s'installer au Four Seasons. La CIA avait été
formelle, il devait rester à Beyrouth. C'est là que tout
se passait.

En n'utilisant pas de vol régulier, personne ne
pouvait savoir où il avait été. Il ne lui restait plus qu'à
interroger à distance la boîte vocale de Chypre pour
avoir des nouvelles de Talal Abu Saniyeh.

En attendant, il n'avait qu'un seul objectif : rester
en vie.

Les Syriens avaient la mémoire longue. Certes, les
FSI pouvaient lui assurer une protection, mais ce
n'était pas suffisant.

La CIA avait mis le paquet. Chris Jones et Milton
Brabeck, ses deux « baby-sitters » préférés, allaient
débarquer au Liban dans les prochains jours. Afin de
lui assurer une *vraie* protection. Les deux Américains,
armés comme des petits porte-avions, sans le moindre
état d'âme, considéraient Malko comme leur Dieu et
se seraient fait couper en morceaux pour lui.

Prêts à vitrifier ses adversaires. Grâce à la compli-
cité passive du général Rifi, les « gorilles » ne
risquaient pas trop de problèmes. Surtout, ils étaient
fiables, une qualité peu commune en Orient. Évidem-

ment, contre une voiture piégée, ils n'étaient pas d'un grand secours.

Lorsque Malko se fut réinstallé au Four Seasons, il vérifia le Glock 27 avec son chargeur de quinze cartouches offert par Robert Correll[1] et le plaça sur la table de nuit.

Les FSI devaient avoir mis en place une structure de sécurité, mais il valait mieux être prudent.

Il laissa ensuite un message sur le portable du colonel Ramdane Halab. Il avait peut-être déjà des nouvelles de Damas. Même si tout reposait désormais sur Talal Abu Saniyeh, la taupe israélienne du Hamas, on pouvait toujours essayer de trouver autre chose. Le colonel Halab avait un avantage : lui pouvait se rendre en Syrie sans problème.

Pour un éventuel contact, cela pouvait être utile. Car, si l'élimination d'Ali Douba était menée à bien, il restait le plus difficile : approcher le général Abdallah Al Qadam et le convaincre de faire ce que les Israéliens demandaient.

Et ça, ce n'était pas gagné…

Bien sûr, Tamir Pardo lui fournirait des arguments mais, sans sa totale coopération, il n'y avait rien à faire.

Une chose le frappa : les Israéliens venaient de livrer aux Américains deux de leurs « assets », Talal Abu Saniyeh et le général syrien. Une chose qu'ils ne faisaient jamais. Soit ils avaient *vraiment* peur de

1. Voir SAS n° 193, Le Chemin de Damas tome 1.

l'effondrement du régime syrien, soit ils essayaient d'entraîner la CIA dans une sombre manip.

À leur profit, bien entendu.

La faim le fit bailler et il regretta de ne pas avoir accepté l'invitation de Mitt Rawley à la cantine de l'ambassade.

La perspective de dîner seul le déprimait. Il se souvint du message de Naef Jna, l'employée de la bijouterie. Il appela, tomba sur une messagerie. Malko laissa un message, disant qu'il était revenu à Beyrouth.

Il était dans l'ascenseur pour gagner la salle à manger lorsque Naef Jna rappela. Une voix timide.

– Je suis heureuse que vous me rappeliez, dit la jeune Libanaise. J'ai des choses à vous dire.

– Venez, dit Malko, je suis au Four Seasons.

– Maintenant, je ne peux pas. Je dîne chez moi.

– Alors, plus tard.

– Non. Je peux passer demain, à l'heure du déjeuner.

– Très bien, dit Malko, il y a un bar autour de la piscine au 26ᵉ étage. J'espère qu'il fera beau.

C'était mieux que rien. Il dînerait seul, mais en sus de ce que la jeune chiite pouvait avoir à lui dire, il n'avait pas oublié la façon charmante dont elle s'était conduite avec lui.

***

Tarak Sahlab exultait. En plus de la liste des passagers arrivant à Beyrouth, il recevait tous les jours celle des occupants des principaux hôtels, grâce à un réseau d'informateurs travaillant pour la Syrie depuis des années.

Or, il venait de repérer le nom de Malko Linge, arrivé au Four Seasons, la veille au soir.

L'agent de la CIA était revenu à Beyrouth. Donc, l'opération américaine montée contre la Syrie continuait et cet homme était forcément au courant.

D'abord, en lisant son nom, Tarak Sahlab avait pensé organiser un attentat avec une voiture piégée. Hélas, les morts ne parlent pas. Il se mit donc à rédiger séance tenante une note pour le général Ali Mamlouk, demandant l'autorisation d'enlever l'agent Malko Linge et de le transférer par un itinéraire protégé en Syrie afin de l'interroger.

Personne ne résistait aux méthodes d'interrogatoire du moukhabarat syrien.

Sûr de la réponse, il composa un numéro sur son circuit intérieur et, lorsqu'il eut son interlocuteur en ligne, ordonna :

– Osman, viens me voir.

Dix minutes plus tard, un homme trapu, le cheveu ras, un blouson de cuir noir sur un T-shirt rayé mauve et jaune, des jeans, une grosse ceinture et une barbe de trois jours, pénétrait dans son bureau.

Tarak Sahlab lui lança :

– J'ai un client pour toi.

Osman Saluk dirigeait une petite équipe spécialisée dans le rapatriement des opposants syriens qui s'étaient enfuis au Liban.

Ceux qui ne pouvaient pas être utiles étaient liquidés selon les bonnes vieilles méthodes, mais ceux qu'il fallait interroger étaient kidnappés et, ensuite, exfiltrés du Liban par la Bekaa, grâce à la présence providentielle d'un camp de Palestiniens pro-syriens qui se trouvait juste à cheval sur la frontière libano-syrienne.

On entrait au Liban et on ressortait en Syrie, sans d'ennuyeuses formalités. Il fallait simplement désintéresser le chef du camp qui, pour une somme forfaitaire de 200 dollars, ne posait aucune question.

Osman Saluk écouta les explications de son chef et secoua la tête.

— Si c'est un étranger, c'est plus délicat ! Les Palestoches vont grimacer.

— Ce n'est pas la peine de leur dire, assura Tarak Sahlab. Il sera dans un coffre de voiture.

Il continua ses explications, donnant tous les éléments nécessaires à l'identification de sa « cible » et un modus operandi.

— Ensuite, conclut-il, tu resteras en Syrie quelque temps. On ne sait jamais. Et puis, il y a aussi du travail là-bas.

À tout hasard, les barbouzes du régime Bachar El Assad kidnappaient les sunnites pour servir ensuite de monnaie d'échange pour les Alaouites capturés.

Sentant la réticence larvée d'Osman Saluk, il lui jeta :

— Tu auras une prime de 500 000 livres quand ce chien d'espion sera chez nous.

CHAPITRE VII

Malko profitait de la chaleur délicieuse du premier soleil de printemps, les yeux clos, allongé sur un transat, à côté de la piscine du 26ᵉ étage du Four Seasons, lorsqu'une voix timide lui fit ouvrir les yeux.

– Monsieur Malko ?

À contrejour, il distingua une silhouette en amphore, une cascade de cheveux noirs, puis son interlocutrice bougea et il reconnut Naef Jna, la vendeuse de la bijouterie de feue Farah Nassar.

Une petite mallette à la main, des lunettes noires, un pull rouge sur un jean collant.

Malko s'arracha à son transat. Naef Jna ôta ses lunettes et dit d'une voix timide :

– La vue est très belle ici.

On voyait toute la côte, de la Marina du St-Georges jusqu'à Jounieh.

– Asseyez-vous, proposa Malko, on va prendre un verre.

– Je n'ai pas beaucoup de temps, objecta la jeune femme. Maintenant, je suis toute seule au magasin. Il faut que j'aille manger un chawerma avant de rentrer.

— Vous pouvez le faire ici, assura-t-il en l'entraînant vers la partie « snack » de la terrasse, de petites tables abritées de parasols verts.

Une fois assise, la jeune femme jeta un regard timide à Malko. Comme pour écarter de possibles mauvaises pensées, elle précisa aussitôt :

— Quelqu'un m'a demandé de venir vous voir.

Malko dissimula sa déception. Ce n'était pas un rendez-vous galant.

— Qui ? demanda-t-il.

— Je ne sais pas son nom. Il est passé à la boutique. Pour que je vous transmettre un message de sa part. Il m'a dit que vous aviez un ami commun, Mourad Trabulsi. Il paraît que celui-ci n'est pas à Beyrouth en ce moment.

Exact, il s'était mis à l'abri.

— Quel est le message que vous devez me transmettre ? demanda Malko.

— Il m'a dit ne pas vous inquiéter. Que vous aviez des amis à Beyrouth.

Malko demeura silencieux. Cela ressemblait furieusement à un message du Hezbollah. Transmis sous une forme étrange.

— Merci, dit-il, je crois savoir d'où cela vient.

Naef Jna semblait mal à l'aise. Elle remit ses lunettes noires et se leva.

— Il faut que je retourne rue Verdun, dit-elle.

— Vous n'avez rien mangé, objecta Malko.

— Je me ferai apporter un chawerma à la boutique, assura la jeune femme.

Il se leva à son tour.

– OK, je vais vous raccompagner à la bijouterie, cela vous évitera de prendre un taxi. Venez.

Il la poussa littéralement vers les ascenseurs, mais au lieu d'appuyer sur le bouton « ground floor », il pressa celui du seizième. Lorsque la cabine s'arrêta, Naef Jna vit tout de suite que ce n'était pas le lobby.

Malko la prit par le bras.

– Je dois prendre la carte de parking de ma voiture, expliqua-t-il. Elle est dans ma chambre.

La jeune femme le suivit de mauvaise grâce, mais, si Malko ne l'avait poussée un peu, elle serait restée dans le couloir. Il prit la carte plastifiée et lui fit face. D'un geste délicat, il ôta doucement ses lunettes noires. Naef Jna détourna vivement les yeux.

– Je vous fais peur ? demanda gentiment Malko.

Il se souvenait de l'application avec laquelle la jeune chiite l'avait fait se répandre dans sa bouche, presque en face de chez elle. Du coup, son attitude distante était peu explicable.

Comme elle devenait silencieuse, il passa un bras autour de sa taille et la rapprocha de lui.

– Je ne suis plus à l'âge où on embrasse les filles de force, dit-il, mais je voudrais comprendre. La dernière fois que nous nous sommes vus, vous étiez beaucoup moins timide.

Naef Jna rougit légèrement et baissa les yeux.

– Je ne sais pas ce qui m'a pris, dit-elle dans un souffle, mais vous me faites peur. Madame Farah a été tuée à cause de vous. Je sais que vous êtes quelqu'un de dangereux.

« Maintenant, laissez-moi partir.

Elle releva la tête. Leurs visages étaient à quelques centimètres l'un de l'autre. Malko approcha doucement sa bouche de la jeune chiite. Lorsque leurs lèvres se touchèrent, elle eut un léger sursaut. Puis, quand il appuya plus fort, ses lèvres s'ouvrirent et brusquement leurs langues furent en contact.

Ils échangèrent finalement un long baiser. Malko sentait le corps de Naef s'assouplir contre le sien. La jeune femme embrassait avec habileté, le bout de sa langue dansant un ballet endiablé contre la sienne. Avec la furie d'une jeune fille qui se réfugie dans le flirt pour expulser ses pulsions.

Il laissa la main nouée autour de sa taille descendre, épousant la courbe de sa croupe inouïe.

Ce qui sembla arracher Naef Jna à son rêve.

Elle s'interrompit et dit à voix basse :

– Je vous ai dit que je ne faisais pas l'amour. Laissez-moi partir.

Après les risques encourus, les derniers jours, Malko n'avait pas la moindre envie de lui obéir. Toute la tension du danger passé se muait en pulsion sexuelle. Qu'il avait envie de satisfaire sur-le-champ.

– Je ne veux pas vous faire l'amour, promit-il. Simplement, je suis bien avec vous.

De nouveau, il l'embrassa, en lui caressant cette fois la poitrine. Ils titubaient, debout au milieu de la pièce.

Sournoisement, Malko les rapprocha du lit où ils basculèrent ensemble. Naef Jna tenta de se relever avec un petit cri, mais Malko la cloua sur le lit, relevant le pull rouge pour atteindre directement ses seins.

Lorsqu'elle sentit le contact de ses mains sur sa peau, Naef Jna cessa de se débattre. Allongée sur le dos, elle laissa Malko lui caresser les seins, en effleurant les pointes jusqu'à ce qu'elles se dressent.

Soudain, il réalisa que la respiration de la jeune femme avait accéléré. Son bassin commençait d'être agité de minuscules frémissements, son ventre se soulevait par saccades. Son baiser se fit plus violent, plus profond aussi. Il pinça légèrement un téton et un son rauque filtra de la bouche de la jeune femme. Pas vraiment un cri de douleur.

Désormais, son bassin roulait, se soulevait, comme si elle faisait l'amour.

Brusquement, Malko empoigna son jean à l'entre-jambe, sentant sous ses doigts la chaleur de son sexe. Il massa doucement le tissu rugueux, d'une main, continuant de l'autre à effleurer les tétons dressés.

Naef Jna se tendit brusquement, sa croupe décollant du lit et elle poussa un cri sec et bref.

Retombant comme une poupée cassée. Le souffle court, les yeux toujours fermés.

Vraisemblablement, les doigts de Malko avaient fait des merveilles.

Lui était tendu comme un arc. Il avait l'impression que son sexe allait trouer l'alpaga de son pantalon.

Profitant de la relative torpeur de la jeune femme, il défit la grosse ceinture du jean, et descendit son zip, découvrant le haut d'une culotte noire.

Naef Jna recommença mollement à se débattre, sans parvenir à stopper Malko qui réussit à lui ôter son jean comme on dépouille un lapin de sa peau.

Ne laissant sur elle que le triangle de nylon noir.

Il se pencha à nouveau sur sa bouche et, cette fois, Naef Jna ne fit aucune difficulté pour lui rendre son baiser.

Malko se mit à la caresser, d'abord par-dessus sa culotte, puis glissant enfin la main dessous.

Naef commença à ronronner, ses hanches recommencèrent à onduler.

Pour la première fois, elle eut un geste audacieux, envoyant une main vers le ventre de Malko. C'est lui qui défit la boucle de sa ceinture Hermès. Aussitôt, la jeune femme glissa ses doigts sous l'alpaga. Lorsque Malko les sentit se refermer autour de lui, il sut qu'il avait gagné.

Finalement, Malko se débarassa de tout le bas de ses vêtements tandis qu'il arrachait la culotte de la jeune Libanaise.

Naef Jna ne semblait plus aussi effrayée.

D'elle-même, dès que le sexe de Malko fut entièrement dégagé, elle plongea dessus, l'engloutissant avec la même ferveur que dans la voiture quelques jours plus tôt.

Peu à peu, elle s'agenouilla sur le lit, ne gardant que son pull rouge relevé sur ses seins.

Malko trouvait la sensation de cette bouche refermée sur lui si merveilleuse qu'il faillit s'y répandre.

Puis, son regard tomba sur la croupe extraordinairement cambrée de la jeune femme, cambrure encore accentuée par sa position et il n'eut plus qu'une idée.

Gentiment, il arracha Naef de lui. Docile, la jeune femme se redressa un peu, pivota et se retrouva à quatre pattes sur le lit, la croupe haute. Malko était déjà derrière elle, précédé d'une érection triomphante. Lorsqu'elle sentit le sexe de Malko l'effleurer, Naef Jna envoya rapidement la main derrière elle, s'aplatissant encore plus, le saisit d'une main ferme et le plaça avec une précision millimétrique là où elle le désirait.

Malko donnait déjà un coup de rein instinctif.

Pendant une fraction de seconde, il crut qu'il entrait dans le ventre de la jeune femme, tant la pénétration était facile. Puis l'anneau du sphincter se resserra sur son membre et il comprit qu'il était bien en train de s'enfoncer dans ses reins.

Celle-ci, rassurée, avait ramené sa main en avant, sûre de ne pas être violée...

Malko la saisit aux hanches et s'enfonça le plus loin qu'il le put.

Il avait l'impression de remonter jusqu'à son estomac. Ouverte, offerte, Naef Jna semblait elle aussi savourer autant que lui cette pénétration, murmurant entre ses dents des mots arabes que, hélas, Malko ne comprenait pas.

Visiblement, la sodomie n'avait aucun secret pour elle.

Alors que Malko continuait à la transpercer réguliè-rement, la jeune femme glissa une main sous son ventre et commença à se caresser. Ses hanches se mirent en branle de nouveau et elle gémit.

– Enfonce, enfonce, *ayeté* !

Ce qui déchaîna encore plus Malko.

Le hurlement de plaisir de la jeune femme le prit par surprise. Il sentit la muqueuse se resserrer autour de lui, ce qui déclencha son plaisir et il cria à son tour.

Naef Jna se marierait probablement vierge, mais sans ignorer grand-chose des plaisirs du sexe.

Lentement, Malko s'arracha de la jeune femme qui se retourna, les yeux soulignés de grands cernes. Spon-tanément, elle prit la main droite de Malko et la baisa, avant de dire :

– Tu m'as donné beaucoup de plaisir.

*\
**

Malko avait du mal à se concentrer. Après avoir déposé Naef Jna rue Verdun, il avait filé à la colline d'Akwar faire le point avec Mitt Rawley.

Celui-ci venait d'avoir des infos des Israéliens.

– D'après les *Schlomos*, dit l'Américain, la situa-tion se stabilise en Syrie. Ils ont jugulé les principaux foyers d'infection. Il reste encore des poches insurrec-tionnelles, mais ils ont bon espoir de les colmater.

« Bachar El Assad a même osé se rendre à Homs, ce qui veut dire que la ville est vraiment sécurisée.

– D'où savent-ils cela ? demanda Malko.

– Des sources humaines. Ils ne nous le disent pas mais ils en ont beaucoup, depuis longtemps.

« C'est donc le moment de donner un coup de pouce avec notre opération, pour faire basculer la situation du régime du bon côté, pour un bon moment.

« Où en êtes-vous ?

– J'attends le retour de mon contact du Hamas, Talal Abu Saniyeh, expliqua Malko.

– À propos, Jérusalem m'a confirmé que Bachar El Assad ne mettait plus les pieds à la Présidence, sauf pour des réunions. L'affaire Mohammed Makhlouf l'a traumatisé. Il vit désormais dans la maison de famille avec sa mère et son épouse, dans le quartier de Malké.

« Gardé comme Fort-Knox, bien entendu.

« J'espère que cela ne va pas trop contrarier nos plans.

Malko hocha la tête.

– De toute façon, cela va se terminer dans la brutalité.

Un euphémisme.

Ce serait plutôt un lac de sang.

En espérant que ce troisième essai serait plus concluant que les deux premières tentatives.

– OK, conclut-il, je retourne au Four Seasons.

– À propos, précisa le chef de Station de la CIA, Ashraf Rifi m'a appelé pour me dire qu'il vous donnait une protection officielle. Afin d'éviter de nouveaux incidents.

– J'ai aussi reçu un message du Hezbollah, via Mourad Trabulsi, ajouta Malko, disant qu'ils ne se livreraient à aucune action agressive envers moi. Qu'est-ce que cela veut dire à votre avis ?

L'Américain esquissa un sourire.

– Qu'ils ne sont pas absolument sûrs que Bachar ait le dessus. Ils ne veulent pas insulter l'avenir.

En abandonnant sa Mercedes au voiturier du Four Seasons, Malko aperçut, garées le long du trottoir, deux Cherokee blanches avec des plaques militaires libanaises.

Un officier – un lieutenant – descendit du premier véhicule et marcha vers lui, saluant respectueusement.

– *Mehraba*. Je suis le lieutenant El Jaif. Le général Rifi souhaiterait s'entretenir avec vous. Pouvez-vous venir avec nous ?

Un peu surpris, Malko n'hésita pas.

– Bien sûr. Je prends ma voiture ?

– Nous vous ramènerons ici, avec la nôtre, c'est plus facile, assura l'officier.

Malko le suivit. On lui ouvrit la porte pour qu'il monte à l'arrière où se trouvait déjà un homme en civil. Un soldat monta à côté de lui et le lieutenant prit place à l'avant, à côté du chauffeur. Ils démarrèrent, passant devant la place des Martyrs, qu'ils laissèrent sur leur gauche.

Malko ne s'inquiéta vraiment qu'en voyant les deux véhicules s'engager vers la sortie est de Beyrouth, alors que le siège des FSI se trouvait au sud, tout près de l'Hôtel Dieu.

— Où allons-nous ? demanda-t-il. Ce n'est pas la route pour aller au QG.

Le lieutenant ne réagit pas, mais soudain le civil à sa gauche se tourna vers lui, le visage fermé, enfonçant dans le flanc gauche de Malko le canon d'un gros pistolet automatique.

— On va ailleurs, chien ! dit-il d'une voix posée. Ne fais pas l'idiot, sinon, je t'en mets une dans le ventre.

Le Cherokee s'engageait sur la rampe quittant à gauche l'avenue Charles Helou, pour monter vers Baabda et la route de la Bekaa.

Ils allaient en Syrie.

CHAPITRE VIII

Malko regarda le pistolet, puis le visage de l'homme qui le menaçait. Dépassé. Il posa la main sur l'épaule du lieutenant des FSI assis à l'avant et demanda :

– Où m'emmenez-vous ?

L'officier ne répondit pas. Ne se retourna même pas. Malko avait envie de se frotter les yeux. Il était bien dans un véhicule des Forces de Sécurité Intérieure libanaises, en principe les alliés des Américains. Or, on était en train de le kidnapper. Forcément pour le compte des Syriens.

Les deux véhicules fonçaient sur Aaley, en dépassant les camions. Il était totalement impuissant, en dépit de son Glock 27. Il pensa à sauter par la portière, mais le civil aurait dix fois le temps de le cribler de balles. Il avait beau se creuser les méninges, il ne voyait pas de solution.

Il regarda le paysage autour de lui : la montagne. Ils fonçaient vers la Bekaa et la frontière syrienne. Ils n'allaient quand même pas passer le poste frontière officiellement…

Le civil se pencha sur lui, le tâta sur toutes les coutures et trouva son pistolet qu'il jeta sur le plancher de la voiture.

Le soldat à sa droite regardait dans le vide, pas concerné. Pourtant lui aussi portait l'uniforme des Forces de Sécurité Intérieures.

Ils traversèrent Aaley, continuant par le col dominant Chtaura. Si rien ne se passait, dans deux heures, ils seraient en Syrie. Il osait à peine penser à ce qui l'y attendait…

Son portable sonna.

– Ne réponds pas ! lui jeta le civil d'un ton sec.

Au bout de cinq sonneries, cela s'arrêta et quelques secondes plus tard, un couinement lui apprit qu'il avait un message. Ce qui lui faisait une belle jambe. Penser que peu de temps plus tôt, il était en train de sodomiser Naef Jna ! Maintenant, il était en route vers la torture et la mort.

Un silence minéral régnait dans la voiture.

Ils arrivaient au col où se trouvait le check-point de l'armée libanaise.

Malko reprit espoir. Les militaires filtraient tous les véhicules. Soudain, il sentit le canon du pistolet peser à nouveau sur son flanc.

– Tu ne bouges pas, tu ne dis rien ! intima le civil. Sinon, je te flingue.

La guérite approchait avec un soldat qui faisait signe aux véhicules de passer ou de se garer sur le côté pour une inspection.

Malko vit, à travers le pare-brise, le soldat adresser un sourire de connivence au conducteur puis leur fit signe de passer. Les deux Cherokee s'engagèrent dans la grande descente vers Chtaura. La pression du pistolet se relâcha. Cette fois, plus rien ne pouvait le sauver.

**

Mitt Rawley, étonné, appela de nouveau le portable de Malko. Cette fois, il passa directement sur répondeur.

Intrigué, il demanda à sa secrétaire d'appeler le général Ashraf Rifi qu'il eut en ligne quelques secondes plus tard.

– Est-ce que Malko est avec vous ? demanda le chef de Station de la CIA.

– Non, assura le général libanais. J'ai seulement envoyé deux voitures au Four Seasons pour assurer sa protection. Pourquoi ?

– Il a coupé son portable, cela ne lui arrive jamais…

– Ok, je vais joindre le lieutenant qui dirige sa patrouille, dit le Libanais. Je vous rappelle. Il y a sûrement une explication.

Le général Rifi rappela cinq minutes plus tard, visiblement intrigué et inquiet.

– Je n'arrive pas à joindre le lieutenant en charge de la protection de Malko, annonça-t-il. J'ai fait appeler le Four Seasons, on m'a dit que Malko est parti avec mes hommes, il y a une heure environ.

– Donc, ils ne venaient pas chez vous ? Quelles étaient leurs instructions ?

– Le protéger, quand il se déplacerait en ville. Sûrement pas de monter dans nos véhicules.

– C'est bizarre, non ?

– Oui, reconnut Ashraf Rifi. Je vais essayer de vérifier certaines choses.

Après avoir raccroché, Mitt Rawley n'était pas rassuré : quelque chose ne collait pas. Il avait une totale confiance en Ashraf Rifi, mais celui-ci semblait, lui aussi, dépassé. Qu'avait-il pu se passer ?

Il pensa soudain à Mourad Trabulsi. Le général Libanais connaissait les FSI comme sa poche et était toujours de bon conseil. Même s'il ne se trouvait pas à Beyrouth.

Répondeur.

Mitt Rawley lui laissa un SOS et le Libanais rappela dix minutes plus tard, écoutant le récit de l'Américain, sans l'interrompre.

– C'est bizarre, reconnut-il. Laissez-moi donner quelques coups de fil. Je vous rappelle.

Le chef de Station annula ses rendez-vous et décida de rester à son bureau.

Le portable de Malko était toujours sur répondeur. Il y avait un loup.

*
* *

Les deux véhicules des FSI dévalaient la ligne droite menant à la frontière syrienne, distante d'une dizaine de kilomètres. Ils avaient encore franchi deux check-points sans le moindre problème.

Malko était intérieurement recroquevillé : une fois en Syrie, il était sur une autre planète. Pas une planète sympathique. Il n'arrivait pas à croire qu'ils allaient franchir le poste frontière libanais, puis le syrien avec des véhicules *militaires* libanais.

Soudain, il aperçut un embranchement sur la gauche avec un écriteau : Aanjar.

Les deux Cherokee s'y engagèrent. Le chemin longeait la frontière. Aanjar, c'était là où, jadis, les Syriens avaient établi leur QG pour piller le Liban. Un charmant petit village arménien en pente, peuplé de pro-syriens.

À mi-pente, les deux véhicules tournèrent dans une voie perpendiculaire, parcourant une centaine de mètres avant d'entrer dans la cour d'une grande maison, s'arrêtant à côté d'une vieille Mercedes grise. Deux hommes attendaient à côté.

Le civil ressortit son pistolet et jeta à Malko :

– Tu sors !

Le soldat était déjà dehors. Malko ne put qu'obéir. À peine dans la cour, il fut encadré par les deux inconnus, des jeunes mal rasés en pull et jean, des armes glissées dans la ceinture.

L'un d'eux ouvrit le coffre de la Mercedes et fit signe à Malko. Comme ce dernier ne bougeait pas, il le projeta violemment en avant et, avec l'aide de son copain, le poussa dans le coffre dont il referma aussitôt le couvercle.

Malko se retrouva dans l'obscurité. Quelques instants plus tard, il sentit que la Mercedes démarrait. Puis, les cahots d'un chemin défoncé.

Où allait-il ?

***

À peine Malko parti dans la Mercedes, le lieutenant donna l'ordre du départ : direction la route de la Bekaa. Ils retournaient vers Zahlé et Beyrouth.

La Mercedes, elle, filait le long d'une petite route longeant la frontière syrienne à deux kilomètres, desservant quelques villages avant de rejoindre la grande route goudronnée à Baalbeck.

Les deux Cherokee arrivèrent à l'entrée de Chtaura, où se trouvait un check-point de l'armée libanaise. Cette fois un soldat leur ordonna de stopper, salua respectueusement le lieutenant et annonça :

– Le général Rifi veut vous joindre immédiatement. C'est très important.

– Je vais l'appeler, promit le lieutenant El Jaif.

Ce qu'il fit en s'engageant dans la grande montée. Le patron des FSI l'apostropha d'une voix furieuse :

– Où êtes-vous ? Pourquoi ne répondez-vous pas ?

– Ma radio était en panne, prétendit le lieutenant.

– Où êtes-vous ?

– À Chtaura, nous revenons sur Beyrouth.

– Où est la personne que vous deviez protéger ?

– Nous l'avons déposée, là où elle nous l'a demandé, à Aanjar. Elle devait rencontrer des amis. Maintenant, nous revenons, nous serons à Beyrouth dans deux heures, Inch Allah.

– Vous l'avez laissé sur place ? demanda le général Rifi, incrédule.

– Oui.

Le lieutenant semblait parfaitement calme.

– Présentez-vous à moi pour le rapport dès que vous serez là, ordonna le général Rifi avant de raccrocher.

Quelque chose ne collait pas. Qu'il ne voulait pas dissimuler à Mitt Rawley. Dès qu'il eut l'Américain en ligne, il annonça :

– J'ai de mauvaise nouvelles…

Lorsque le chef de Station de la CIA l'eut écouté, il explosa.

– C'est impossible ! Jamais Malko ne serait parti ainsi sans me prévenir. Il s'est passé quelque chose.

– Mes hommes seront de retour dans deux heures argumenta Ashraf Rifi. J'en saurai plus.

– Vous êtes sûr d'eux ?

Il y eut un blanc, puis le chef des FSI reconnut d'une voix mal assurée :

– En principe, oui, mais je viens de découvrir quelque chose qui me trouble. Le lieutenant qui commandait cette patrouille s'appelle El Jaif. C'est le fils du général qui a succédé à Jamil Sayed lorsque ce dernier a été emprisonné en connection avec le meurtre de Rfaic Hariri. Un proche du Hezbollah et des Syriens.

Mitt Rawley avait l'impression de recevoir une douche glaciale. Essayant de garder son calme, il demanda :

– Qu'a-t-il pu réellement se passer ?

Nouveau blanc, puis le général Ashraf Rifi avoua d'une voix hésitante :

– Lorsque cette patrouille a été interceptée à Chtaura, elle allait vers Beyrouth, venant de la frontière syrienne.

– Ils n'ont quand même pas livré Malko aux Syriens à la frontière ? demanda Mitt Rawley, horrifié.

– Non, assura le général libanais, mais je pense à une hypothèse désagréable. Juste avant la route qui mène au poste frontière, il y a un embranchement sur la gauche, une voie qui longe la frontière, et rejoint plus tard la route de Baalbeck.

« En passant par Aanjar, Kfar Zabad et Qoussaya.

« Or, entre le village de Qoussaya et la frontière syrienne distante d'environ cinq kilomètres, dans un no man's land absolu, se trouve le camp palestinien d'Ahmed Jibril.

Mitt Rawley sursauta.

– Celui qui a probablement fabriqué la bombe qui a fait sauter le 747 de la Panam tombé à Lockerbie ?

– Exact, reconnut Ashraf Rifi. C'était il y a très longtemps. Depuis, Ahmed Jibril ne se livre plus au terrorisme. Il est très âgé, d'ailleurs.

« Il entraîne des gens de divers groupes et, surtout, son camp sert au moukhabarat syrien à exfiltrer du

Liban vers la Syrie des gens que les Syriens capturent à Beyrouth ou ailleurs. On entre dans le camp de Jibril au Liban et on peut en ressortir en Syrie.

« Sans aucun contrôle.

« C'est arrivé récemment à quatre frères qui avaient fui la Syrie pour réunir des appuis anti-syriens au Liban. On les a kidnappés et ils ne sont jamais réapparus. Grâce à des « sources », j'ai su plus tard qu'ils étaient passés par le camp de Jibril.

– My God! s'exclama Mitt Rawley d'une voix blanche. Ils l'ont kidnappé. Il faut aller fouiller ce camp.

– C'est impossible! reconnut le général Rifi. Il y a des accords entre les Palestiniens, les Syriens et nous. L'armée libanaise a l'interdiction de pénétrer dans les camps palestiniens. Sauf s'il y a une insurrection armée.

« En plus, rien ne dit que Malko Linge soit dans ce cas. Il y a des tas d'autres hypothèses.

Il noyait le poisson, à la libanaise.

– Donc, vous ne pouvez rien faire, conclut le chef de Station de la CIA, plutôt brutalement.

– Non, reconnut le général libanais. Sauf parlementer avec Jibril. Je vais l'appeler tout de suite. Mais…

Il laissa sa phrase inachevée et l'Américain la compléta :

– Il va vous enfumer, évidemment. À votre *avis*, y a-t-il quelque chose à tenter ?

Cette fois, Ashraf Rifi n'hésita pas.

– Les passages vers la Syrie par des pistes en terrain découvert qui franchissent le massif montagneux jusqu'à Zabadani, en Syrie, ont lieu la nuit. Par sécurité. Cela nous laisse quelques heures de répit.

« D'ici là, j'aurai débriefé le lieutenant El Jaif.

– Rappelez-moi, conclut Mitt Rawley.

Après avoir raccroché, il fixa son bureau, la tête dans ses mains. Son instinct lui disait que Malko avait été enlevé par les Syriens qui l'emmenaient dans leur pays pour l'interroger.

En dehors des horreurs qu'allait subir Malko, cela mettait en l'air toute leur opération. En dépit de ses qualités, il ne résisterait pas aux inhumaines tortures syriennes. Donc, il mettrait les Syriens au courant de ce qui se tramait contre eux. Liquidant le beau rêve israélo-américain.

Il regarda sa montre : il lui restait sept ou huit heures pour sauver Malko, si ce n'était pas déjà trop tard. Sachant que les autorités libanaises ne coopéreraient pas, paralysées par leur gouvernement pro-syrien.

CHAPITRE IX

Mourad Trabulsi écoutait Mitt Rawley sans l'interrompre. Le chef de Station de la CIA avait réussi à le joindre. À ses yeux, c'était le seul qui pouvait faire quelque chose. Lorsqu'il eut terminé, ce dernier demanda :

– Qu'en pensez-vous, Mourad ? J'ai une équipe qui peut être là-bas en deux heures. Une quinzaine de gars bien armés. Qui ne demanderont aucune autorisation.

– Ce n'est pas la bonne solution, répliqua le général libanais. Il faudrait savoir avec exactitude où se trouve Malko dans ce camp que je connais et qui est très étendu. Ils auront dix fois le temps de l'égorger.

– Vous pouvez y aller, vous-même ?

– Bien sûr, mais cela ne servira à rien : Ahmed Jibril m'offrira le thé et me jurera que j'ai été mal informé. Non, les seuls qui peuvent intervenir, c'est le Hezbollah. Jibril est en très bons termes avec eux. Maintenant qu'il ne réside plus en Syrie, il aide les Syriens, certes, mais le Hezbollah lui fournit beaucoup de prestations.

– OK, fit l'Américain. Pourquoi interviendraient-ils ?

Mourad Trabulsi laissa exploser son habituel rire nerveux.

– C'est vous qui allez me le dire…

Il y eut un long silence, puis Mitt Rawley avança :

– Vous voulez dire qu'ils vont demander une compensation ?

– Cela me paraît évident.

– Ok, allez-y. demandez-leur ce qu'*ils* veulent.

– J'espère que Walid Jalloul est en ville, dit Mourad Trabulsi, je ne peux traiter qu'avec lui et pas par téléphone. J'y vais. Je vous propose une chose pour gagner du temps. Filez aussi vite que vous pouvez au Coral Beach. Ce n'est pas loin du QG de Jalloul. Attendez-moi là-bas.

– Vous avez carte blanche, souligna Mitt Rawley. Si vous sortez Malko de là, je ne l'oublierai pas.

*
* *

Malko, étendu sur le dos, les jambes repliées pour tenir dans le coffre de la voiture qui l'avait amené, ignorait totalement où il se trouvait. Il entendait vaguement des bruits de conversations, parfois, mais rien de plus.

Pourquoi l'avait-on arrêté là ? Personne n'était venu lui rendre visite et il maudissait son imprudence. Il aurait dû téléphoner à Ashraf Rifi avant de monter dans la Cherokee. Pourtant, c'étaient réellement des membres des FSI.

Donc des traitres.

Il regarda sa montre : trois heures dix. Il devait être là depuis une bonne heure. Il avait essayé en vain de forcer l'ouverture du coffre. Soudain, en se retournant vers l'avant, et en appuyant sur la cloison le séparant de l'habitacle de la voiture, il la sentit bouger.

Aussitôt, après quelques contorsions, il changea de position. Le dos appuyé à l'arrière de la voiture, il posa ses deux pieds contre la cloison et commença à exercer une forte pression.

Il sentit la cloison reculer de quelques centimètres, mais sans céder. Serrant les dents, il se mit à y asséner des coups de pied de plus en plus violents.

Il n'avait rien à perdre.

*
* *

Mitt Rawley venait d'arriver au bar du Coral Beach, juste au sud du Summerland devenu Kempinski, fermé pour travaux, tout au sud de la ville, lorsque son portable sonna enfin. Le général Ashraf Rifi.

– Le lieutenant El Jaif m'a donné sa version des faits. Malko Linge lui aurait demandé de le conduire à Aanjar rencontrer des gens chez qui il l'a déposé, avant de reprendrc la route de Beyrouth.

– Vous le croyez ?

– Non, laissa tomber le général libanais, mais tant qu'on n'aura pas la version de Malko Linge, je ne peux pas faire grand-chose. J'ai mis le lieutenant El

Jaif aux arrêts de rigueur pour avoir quitté Beyrouth sans mon autorisation. C'est tout ce que je peux faire pour le moment.

– Il a été kidnappé, conclut Mitt Rawley.

Il s'installa dans le bar désert, à côté de la piscine vide, et attendit. Comptant les minutes. Mourad Trabulsi débarqua une heure plus tard, avec ses lunettes noires enveloppantes.

– J'ai rencontré Walid Jalloul, annonça-t-il, sans perdre de temps. Il accepte de nous aider. À une condition.

– Laquelle ?

Mourad Trabulsi prit dans sa poche un papier où étaient inscrits quatre noms.

– Il veut la libération de ces quatre militants.

Classique.

L'Américain regarda la liste, puis le regard invisible du général libanais.

– Vous pensez qu'il peut le délivrer ?

Mourad Trabulsi sourit.

– S'il ne fait rien, il n'aura rien. Oui, je pense qu'il peut. Nous en avons parlé.

– Comment ?

– En faisant intervenir Jamil Sayed.

– L'ex-patron de la Générale ?

– Oui.

– Il a encore du pouvoir ?

Le sourire de Mourad Trabulsi s'accentua.

– Il est resté quatre ans en prison, probablement à tort. Mais c'est *encore* un des hommes les plus puissants du Liban. S'il le veut, il le peut. Ahmed Jibril lui mange dans la main. Jamil l'a protégé pendant des années.

– Restez là, dit Mitt Rawley en composant le numéro de Ashraf Rifi.

Il eut vite fait d'expliquer au général des FSI la situation, puis de lui lire les quatre noms. Le Libanais l'interrompit au troisième.

– Celui-là, c'est impossible. Il a tué un de nos hommes. Les trois autres, ça peut s'arranger.

– OK, je vous rappelle.

Il regarda sa montre : quatre heures vingt. Il ne restait pas beaucoup de temps…

– Je repars, dit Mourad Trabulsi.

* *
*

Malko poussa une exclamation de joie. Le dernier coup de pied venait de desceller sur la gauche la paroi séparant le coffre de l'habitacle de la voiture. Il se contorsionna à nouveau pour découvrir que l'ouverture n'était pas encore assez grande pour laisser passer un corps.

Il avait fait beaucoup de bruit, mais cela semblait n'avoir attiré l'attention de personne.

Il se retourna à nouveau et recommença ses efforts. La peur au ventre. À chaque instant, il craignait de voir le couvercle du coffre se soulever. Bien qu'il ne fasse pas très chaud, il était en nage.

* * *

Mourad Trabulsi déposa devant Mitt Rawley un papier sur lequel il n'y avait qu'un seul nom.

– Ils acceptent l'échange, annonça-t-il. Mais si celui-là ne passe pas, je n'y retourne pas…

L'Américain était déjà au téléphone avec Ashraf Rifi. Sa réponse fut rapide. Oui, c'était possible, mais il fallait le feu vert du ministre de la Justice et cela prendrait quelques jours.

Lorsqu'il transmit la réponse à Mourad Trabulsi, le général libanais demeura impassible.

– Ça devrait marcher, mais Ashraf Rifi doit s'engager sur le Coran. Bien entendu, mes interlocuteurs du Hezbollah savent bien qu'on ne peut pas libérer ces types en quelques heures. Mais ils ont besoin d'un engagement.

« De ma part.

« Un engagement *irréversible*. Sinon je suis mort.

– Je rappelle Rifi.

Cette fois la conversation fut plus longue, interrompue par un coup de fil au ministre de la Justice qu'on parvint à joindre sur son portable. Mitt Rawley le connaissait et obtint son feu vert sans trop de mal. Il ne pouvait pas entrer en guerre avec les Américains. Bien entendu, il ne demanda pas *pourquoi* la CIA tenait à faire libérer trois activistes chiites condamnés par la justice libanaise.

Lorsqu'il rappela Ashraf Rifi et lui demanda de s'engager, le chef des FSI n'hésita pas.

– Je le jure sur le Coran, *Wahiet Allah*, dit-il, ces hommes seront libérés dans la semaine.

– C'est OK, annonça le chef de Station de la CIA à Mourad Trabulsi. Une question : vous m'avez dit que Jamil Sayed pourrait intervenir. Il est très proche des Syriens…

Mourad Trabulsi sourit.

– C'est vrai, il est très proche des Syriens. Il voit Bachar au moins une fois par mois. Mais il est, *avant tout*, Libanais.

« Ce sont les intérêts du Hezbollah qu'il protège. Personne ne saura jamais qu'il est intervenu. Voilà, j'y vais.

***

Malko partit en avant : son pied avait repoussé presque à l'horizontale la paroi de l'habitacle. Encore quelques contorsions et pesant de tout son poids, il parvint à se projeter à l'intérieur de la Mercedes, rampant sur ce qui restait des sièges arrière.

Il releva la tête avec précaution, aperçut le mur d'un hangar et, au loin, des montagnes enneigées.

Encore quelques contorsions et il fut entièrement dans l'habitacle de la vieille Mercedes.

Il jeta un coup d'œil au tableau de bord. Les clefs n'étaient pas sur le contact.

Ensuite, il risqua un œil. La voiture était garée devant un long bâtiment, dans une zone déserte. À part les montagnes, il ne pouvait pas voir grand-chose.

Personne en vue.

Il ouvrit la portière de gauche et se glissa à l'extérieur. Le terrain était en pente et, dans le lointain, il aperçut les maisons d'un village et une route. À au moins trois kilomètres. Longeant le mur du hangar, il en atteignit le coin. Aperçut une porte coulissante entrouverte et se glissa à l'intérieur. Il y avait des ballots de paille, des tracteurs, des sacs.

Il trouva un recoin entre deux tracteurs et s'accroupit le long du mur. Décidé à attendre la nuit pour tenter de gagner le village entrevu dans le lointain.

Apparemment, son « évasion » était passée inaperçue.

**

Jamil Sayed, en djellaba marron, installé dans un fauteuil du petit salon donnant sur les grues du chantier du Summerland, écoutait le plaidoyer de Walid Jalloul, réclamant son intervention.

Impassible.

À l'autre bout du canapé, Mourad Trabulsi demeurait silencieux. Bien sûr, Jamil Sayed et lui se connaissaient, mais ils avaient juste échangé quelques mots. Ils n'étaient là que comme « caution ».

Lorsque Walid Jalloul se tut, Jamil Sayed demanda simplement :

– C'est important pour toi ?

– Oui.

Jamil Sayed baissa les yeux sur sa montre, releva les lunettes sur son front.

– C'est juste, mais on devrait y arriver. Je dois y aller moi-même. Pas de téléphone. Inch Allah, si tout se passe bien, je le ramènerai.

Il les raccompagna jusqu'à la porte du petit appartement, au premier étage d'un immeuble moderne, juste en face de l'ambassade d'Algérie.

Walid Jalloul et Mourad Trabulsi se séparèrent dans la rue.

– Si je te convie à prendre le thé, avertit l'homme du Hezbollah, c'est que tout s'est bien passé.

***

Mitt Rawley était retourné à l'ambassade américaine. Il n'y avait plus rien à faire qu'à prier. Langley et Chypre étaient avertis et il avait eu une nouvelle conversation avec le ministre de la Justice.

De ce côté-là, il n'y aurait pas de problème. Il espérait simplement qu'il n'aurait pas fait libérer trois militants Hezbollah pour rien.

La lumière commençait à baisser. Dans deux heures, au plus, il ferait nuit.

On entrait dans la zone de danger.

* * *

Tarak Sahlab raccrocha sa ligne protégée avec Damas. Ali Mamlouk, le patron de la Sécurité d'État, venait d'accuser réception du message qu'il lui avait fait parvenir par porteur, annonçant le kidnapping de Malko Linge.

Ali Mamlouk l'en avait félicité, précisant qu'une équipe du moukhabarat de Zaladani était en route pour prendre livraison du colis à l'endroit habituel où les hommes d'Ahmed Jibril leur livraient les kidnappés récupérés au Liban. Ensuite, Malko Linge serait livré à l'unité 215, chargée des interrogatoires.

À qui personne ne résistait.

Tarak Sahlab était euphorique. Pour ses débuts dans ce poste, il commençait par un coup de maître. Il se dit qu'il allait aller au Phoenicia dégoter une pute attendant des gens du Golfe.

* * *

Tout de suite, le conducteur de la Mercedes vit qu'il s'était passé quelque chose. Le siège arrière rabattu permettait d'apercevoir l'intérieur du coffre. Il fit le tour de la voiture et l'ouvrit.

Bien entendu, il était vide.

Sans même le refermer, le Palestinien fonça au poste de garde. Normalement, il devait quitter le camp dans une demi-heure, pour franchir le col et entrer en Syrie.

Il fallait coûte que coûte récupérer le prisonnier.

Vivant.

Les Syriens ne donneraient pas une livre pour un cadavre.

Les hommes du poste comprirent vite. Une équipe se précipita sur l'unique piste menant à Qoussaya. Ses occupants n'avaient rien vu, et, comme le terrain était absolument plat, un homme seul ne leur aurait pas échappé.

Ils se déployèrent dans les limites du camp, formant un barrage infranchissable. Heureusement, il y avait des projecteurs.

Peu de chance que le prisonnier soit parti dans la direction opposée, les montagnes formant la frontière avec la Syrie. Si on ne connaissait pas la passe, c'était impossible de les franchir.

Il fallait donc fouiller l'immense camp de fond en comble.

*
* *

Jamil Sayed, installé à l'arrière de son Audi, regardait défiler le paysage. Ils venaient enfin de sortir de Zahlé, et désormais la route était presque droite jusqu'à Aanjar. Ensuite, il faudrait longer la frontière sur une dizaine de kilomètres.

Le chauffeur obéissait aux ordres, filant le plus vite possible.

Parfois, un tracteur le forçait à freiner.

La nuit tombait.

* * *

À l'ambassade américaine, la tension était à son comble.

Mitt Rawley avait appelé à plusieurs reprises Mourad Trabulsi, qui ne répondait pas.

Impossible d'obtenir le moindre renseignement.

Six heures dix-sept.

La nuit tombait. Mitt Rawley se dit que les chances de retrouver Malko s'amenuisaient.

* * *

Lorsque Jamil Sayed arriva à l'entrée du camp d'Ahmed Jibril, il était six heures quarante-cinq et la nuit était presque tombée.

Le poste de garde le reconnut et un Palestinien en keffieh monta à côté du chauffeur pour le guider jusqu'au bungalow d'Ahmed Jibril, prévenant sa sécurité par radio.

Le vieux chef palestinien se trouvait dehors lorsque la voiture de Jamil Sayed s'arrêta. Les deux hommes échangèrent une longue embrassade. Ahmed Jibril aimait sincèrement l'ex-patron de la « Générale » qui l'avait protégé pendant des années, le prévenant de toutes les manips dirigées contre lui.

– Je ne t'attendais pas, reprocha-t-il. Tu aurais dû me prévenir.

– C'était impossible, répondit Jamil Sayed, il fallait que je te vois d'urgence.

– Viens à l'intérieur.

Ils n'eurent même pas le temps de boire le traditionnel thé. Jamil Sayed était entré directement dans le vif du sujet.

Son interlocuteur l'écouta sans l'interrompre et conclut :

– N'importe qui me demanderait cela, j'aurai dit « non ». Je suppose que tu as tes raisons. Je vais le faire chercher.

Il appela un de ses hommes et lui donna ses instructions, tandis qu'ils se mettaient enfin à boire le thé.

L'homme revint essoufflé, cinq minutes plus tard.

– Le prisonnier s'est évadé ! annonça-t-il.

Ahmed Jibril demeura impassible.

– Retrouvez-le et surtout ne lui faites pas de mal.

Malko sursauta : on venait de faire coulisser la porte du hangar. Il entendit des exclamations, des appels en arabe. Plusieurs hommes se déployaient à l'intérieur. Il n'avait aucune chance de leur échapper.

Il venait de se lever lorsqu'un homme en keffieh se dressa devant lui, un pistolet à la main. Machinalement, il leva les mains, mais l'homme ne semblait pas agressif.

En mauvais anglais, il lança simplement :

– *Follow me* [1].

Malko s'attendait à tout, sauf à cela. Il obéit et partit vers le centre du camp, entouré d'une demi-douzaine de militants palestiniens.

On le conduisit dans un bungalow bien chauffé, meublé sommairement, où il trouva deux hommes inconnus de lui.

L'un d'eux se leva et dit :

– Bonsoir. Ne me demandez pas mon nom. Je suis venu vous chercher de Beyrouth. Ne me posez aucune question. Vos chefs vous expliqueront. Je vous demande simplement de faire savoir que vous avez pu vous évader du coffre de voiture où on vous avait enfermé pour gagner le village de Qoussaya, où vous avez trouvé un véhicule pour gagner Baalbeck.

« Ceci dans l'intérêt général.

« Maintenant, venez, nous repartons pour Beyrouth.

1. Suivez-moi.

CHAPITRE X

— Vous l'avez échappé belle ! lança Mitt Rawley en dévisageant Malko, comme pour s'assurer qu'il n'avait pas de cicatrices visibles de son équipée.

— Je m'en serais peut-être sorti tout seul en gagnant le village, avança Malko. La nuit tombait.

L'Américain secoua la tête.

— Ne tirez pas sur votre chance. Nous avons besoin de vous. Je n'ai rien dit aux *Schlomos*, ils n'ont pas besoin de connaître nos liens avec le Hezbollah. Cependant, je tiens à ce que vous fassiez un rapport *écrit* sur ce qui s'est passé. Pour le mettre sous le nez du général Ashraf Rifi.

— Ce qui est arrivé n'est pas rassurant, remarqua Malko. Au départ, je n'ai pas soupçonné une seconde le piège. C'étaient des hommes en uniforme de l'armée libanaise, dans des véhicules officiels.

Mitt Rawley hocha la tête.

— C'est le Liban. Les Syriens ont tout pourri durant leur occupation. Maintenant, grâce au gouvernement libanais dominé par le Hezbollah, ils contrôlent encore beaucoup de choses. Ashraf Rifi n'y est pour rien. C'est un bon type.

« De toute façon, nous ne prenons aucun risque. Chris Jones et Milton Brabeck, vos deux « gorilles » favoris sont en train de graisser leur artillerie. Avec eux, vous ne risquez pas la trahison.

– Seulement l'inefficacité, corrigea Malko. Contre une voiture piégée, ils ne peuvent pas grand-chose.

– Il n'y en a plus eu depuis longtemps…

Toujours l'optimisme américain. Mitt Rawley comprit qu'il dérapait et reprit :

– *Back to the farm*[1]. La tentative de kidnapping prouve au moins une chose : les Syriens savent que nous préparons quelque chose, sans savoir quoi. Ils comptaient sur vous pour le leur dire.

« Cela signifie qu'il faut redoubler de précautions. Notre seule chance de réussite, c'est d'arriver à monter notre manip sans qu'ils soient au courant.

– Il y a encore beaucoup à faire ! soupira Malko, je n'ai même pas de nouvelles de Talal Abu Saniyeh.

– Quand doit-il revenir de Damas ?

– Il ne me l'a pas dit, ni quand ni où je vais le retrouver pour faire le point.

– Quelles instructions lui avez-vous données ?

– Préparer l'attentat contre le général Ali Douba. La première manche de notre opération.

– Il en est capable ?

– Demandez à Tamir Pardo. Ils le garantissent.

---

1. Revenons à nos moutons.

Un ange passa, les ailes peintes aux couleurs israéliennes.

Ils avançaient pratiquement dans le noir.

– OK, conclut Mitt Rawley, appelez régulièrement
le répondeur de Chypre et faites attention jusqu'à
l'arrivée de vos « baby-sitters ».

Tarak Sahlab arriva épuisé à Damas. Il avait dû partir
très tôt pour être à neuf heures chez Ali Mamlouk et
avait rencontré dans la montagne des nappes de
brouillard qui l'avaient considérablement ralenti.

De l'évasion de l'agent de la CIA, il n'avait qu'un
récit fragmentaire apporté par un adjoint d'Ahmed
Jibril. Le résultat était là : l'opération avait échoué et
Ali Mamlouk n'aimait pas les échecs.

Il freina : un check-up de l'armée syrienne. Des
chicanes, des hommes lourdement armés, gilets pare-
balles GK par-dessus leur uniforme et, derrière, les
longs canons de chars T.72 embossés de chaque côté
de la route.

La situation n'était pas aussi calme que le régime
voulait le faire croire.

Il dut patienter de longues minutes, le temps qu'on
vérifie ses papiers, avant qu'un soldat retire la herse
aux longues pointes qui barrait la route. Aussi, il était
déjà neuf heures dix quand il franchit la grille de la
Sécurité de l'État. Là aussi, la garde avait été
renforcée, et les policiers semblaient nerveux.

Une voiture piégée avait explosé le matin même devant un des bâtiments du moukhabarat d'Ascariya, faisant plusieurs morts.

Ali Mamlouk lui jeta un regard glacial lorsqu'il entra dans son bureau.

– Tu ne t'es pas réveillé ?

Tarak Sahlab dut s'excuser platement, parler du brouillard.

Son chef le coupa :

– Que s'est-il passé *réellement* chez Jibril ?

– Ce chien d'agent de la CIA a pu s'évader de la voiture, traverser le camp, gagner le village où il a trouvé une voiture. Personne n'a rien vu. On va recommencer.

Ali Mamlouk lui jeta un regard noir.

– Tu es suicidaire ? D'abord, désormais ce type est sur ses gardes. Même si on arrive à le kidnapper, il faudra le faire sortir. J'ai eu un message d'Ahmed Jibril. Il ne veut plus pour le moment se mêler d'exfiltration. Il a peur que les FSI lui fassent des problèmes. Il dépend d'eux pour son ravitaillement. Donc, on laisse tomber jusqu'à nouvel ordre. Tu n'as toujours pas découvert ce que le chien de la CIA fait à Beyrouth ?

Tarak Sahlab baissa la tête.

– Non, *sidi*.

Il y eut un long silence, rompu par le chef de la Sécurité de l'État.

– Ici, on pense qu'il prépare un coup contre nous.

Tarak Sahlab demeura silencieux. À son échelon, on n'avait pas le droit de penser. Appréciant cette docilité, Ali Mamlouk enchaîna :

– Nous avons réfléchi. Kidnapper ce chien est dangereux et peut être contre productif. Par contre, il semble jouer un rôle vital dans ce qui se prépare.

« Nous avons donc décidé qu'en l'éliminant, on ferait perdre beaucoup de temps aux Américains. Or, c'est de temps dont nous avons besoin.

Tarak Sahlab se recroquevilla, connaissant la suite.

– C'est toi qui es chargé de cette mission, annonça Ali Mamlouk. Cette fois, je ne veux pas d'échec.

Il regardait fixement Tarak Sahlab et le moukhabarat vit son avenir en pointillés.

– Je ferai ce qu'il faut, promit-il.

– Je ne veux plus de tentative individuelle, souligna le chef de la Sécurité de l'État. Je veux un truc sans bavures, sans risques d'échec.

C'est-à-dire une voiture piégée. Méthode admirablement maîtrisée par les Syriens, qui avait largement fait ses preuves.

– Je vais demander à nos Frères du Hezbollah de m'aider, avança Tarak Sahlab. Ils ont tout ce qu'il faut dans la banlieue sud.

La réponse d'Ali Mamlouk tomba comme un couperct.

– *La*[1]. Ils ont des états d'âme en ce moment, se demandant ce qu'ils deviendraient si notre régime

---

1. Non.

s'écroulait. Ils ne sont plus fiables à cent pour cent.
On m'a dit que certains de leurs chefs tâtaient le terrain
en vue de nouvelles alliances.

« Tu te débrouilles tout seul.

« Fais ce qu'il faut et retourne à Beyrouth. Tu ne
bouges plus avec le chien des Américains. Il faut qu'il
reprenne confiance, qu'il pense qu'on a laissé tomber.

– Je ne dois pas le surveiller ?

– Si tu peux le faire sans risque, oui. Allez, la Syrie
compte sur toi.

*
* *

Malko attendait avec d'autres Libanais les passagers qui débarquaient du vol Middle East de Francfort, qui venait de se poser à 15 heures 10, comme
prévu. Depuis longtemps, il n'y avait plus de vol direct
entre les États-Unis et le Liban. Il fallait passer soit
par Istanbul, soit par Francfort.

Deux « marines » en civil, mais armés, de l'ambassade US assuraient sa protection.

C'est Chris Jones qui apparut le premier, dominant
la foule d'une bonne tête, les yeux dissimulés derrière
des lunettes noires enveloppantes, costume gris
froissé, traînant une grosse valise à roulettes. Il fonça
sur Malko, lâcha sa valise et lui tendit son énorme
main.

Prudent, Malko ne le laissa pas écraser sa cheva-
lière contre son doigt.

– My God ! fit le « gorille », j'ai l'impression d'arriver d'une autre planète. On est partis hier soir de Washington sur Lufthansa pour Francfort. Et ce matin, on a repris la Middle East. Vingt et une heures de vol ! Je ne suis jamais venu ici, ça a l'air OK. Ils ont des Mc Do ?

– Ils marchent même sur leurs pattes de derrière, assura Malko, connaissant la répugnance instinctive que les deux « baby-sitters » avaient pour le monde extérieur.

Ils étaient prêts à affronter des adversaires lourdement armés à dix contre un, mais la piqûre d'un moustique les mettait en transe. Quant à boire l'eau du robinet, il n'en était même pas question.

Milton Brabeck arriva à son tour, encore plus fripé, et jappa de bonheur en retrouvant Malko. Depuis le temps qu'ils affrontaient les malfaisants ensemble…

– Venez, dit ce dernier, on a un van de l'ambassade.

– Il y a urgence, fit Milton Brabeck. On est tout nus.

Bien entendu, leur armement – celui d'un petit porte-avion – voyageait dans la valise diplomatique, sur des vols exclusivement américains. Tout était arrivé à bon port le matin même.

Cinq minutes plus tard, ils remontaient l'avenue Camille Chamoun pour rejoindre le nord de Beyrouth, puis l'Est.

Milton Brabeck s'endormit au bout de cinq minutes. Chris Jones, lui, regardait les automobilistes libanais et leur façon de conduire. Tourné vers Malko, il demanda :

– Ils passent leur *driving licence* par correspondance, ici ? Il doit y avoir du sang partout.

– Ils conduisent très bien, assura Malko, d'une façon un peu différente de la vôtre. Mais sans agressivité…

– C'est encore une chance ! soupira Chris Jones. Manquerait plus qu'ils soient méchants.

Heureux comme des ados devant un étalage de jeux vidéo, les deux « baby-sitters » étaient en train de s'équiper. *Anckle-holsters* de chez GK, étuis souples sous la veste, ceintures de chargeurs et, bien sûr, quelques petites grenades rondes facilement dissimulables sous un mouchoir, dans une poche.

Milton Brabeck brandit une veste presque semblable à celle qu'il portait.

– Regardez, lança-t-il à Malko, fabrication chilienne. Ça arrête même des balles de Kalach. J'en ai apporté une pour vous…

– Ça n'a pas l'air très bien coupé, remarqua Malko.

Le « baby-sitters » eut un ricanement étouffé.

– C'est mieux coupé qu'un costume en sapin… Faudra la mettre.

Eux étaient déjà équipés, heureux comme à Noël. Sur leur énorme carrure, les Glock 27 et les monstrueux 357 Magnum ne se voyaient pratiquement pas.

Chris Jones prit dans sa valise un objet étrange, une sorte de tige métallique terminée par une poignée.

– Détecteur d'explosifs, annonça-t-il. Il paraît qu'il y en a ici.

– Ça arrive, reconnut Malko, mais d'habitude on n'a pas le temps de se servir de ce genre de truc. Vous êtes déjà transformés en chaleur et en lumière.

« Vous êtes prêts ?

Soudain inquiet, Chris Jones demanda :

– Il y a beaucoup d'insectes en cette saison ?

– Vous avez de la chance, fit Malko, c'est le printemps. Les moustiques ne sont pas encore là, le choléra a été éradiqué et il ne reste que quelques cas isolés de fièvre jaune.

– Et l'eau ? demanda anxieusement Milton Brabeck.

– Pour se laver, elle est parfaite, assura Malko. Vous risquez juste quelques démangeaisons si vous avez la peau fragile. Mais vous n'avez pas la peau fragile, n'est-ce pas ?

– On viendra se laver ici, décida Chris Jones, prudent.

– OK, dit Malko, je vous emmène. Après avoir déposé vos affaires à l'hôtel, nous déjeunons avec un ami.

– Un Américain ?

– Non, un Libanais, mais il m'a déjà sauvé la vie et c'est un type bien. Il vaut mieux que vous le connaissiez. Vous aimez le poisson ?

– Pané ? demanda Chris Jones.

– Non, simplement cuit, ou cru si vous préférez.

Il crut que le « gorille » allait se trouver mal.

– Ce sont ces putains de « gooks »[1] qui bouffent les poissons vivants ! protesta-t-il.

– Pas vivants, *crus*, précisa Malko. Mais, si vous y tenez, vous pouvez aussi les manger vivants.

* * *

Tarak Sahlab fit le tour des deux véhicules qui venaient de se garer dans la cour de cette ferme d'Aanjar, non loin de l'église arménienne. Une Honda crème et un fourgon blanc, dont les flancs portaient le nom d'une entreprise de décoration.

Les deux véhicules en plaques libanaises.

– Ça te va ? demanda anxieusement Charles Mista-kan qui venait de faire amener les deux véhicules.

– On ne risque pas de problèmes avec eux ? demanda Tarak Sahlab.

– Bien sûr que non ! jura l'Arménien. Ils ont été volés depuis plusieurs semaines et on a changé les papiers et les plaques.

Tarak Sahlab eut un hochement de tête approbateur. Charles Mistakan était un homme sûr, utilisé par les Syriens depuis longtemps. Jadis, lorsqu'il fallait se débarrasser de cadavres gênants, c'est à lui qu'on les confiait pour les faire disparaître définitivement.

---

1. Bougnoules.

Depuis l'évacuation de l'armée syrienne du Liban, il continuait discrètement à aider ses protecteurs, sans poser de questions.

– *Ya'ni*[1]! fit-il, tu as deux chauffeurs pour les amener jusqu'à Beyrouth?

– Pas de problème, affirma l'Arménien.

– Alors, on y va. Qu'ils me suivent.

En attendant de les utiliser, il avait décidé de les mettre dans un parking souterrain, à côté de la place des Martyrs.

Il sortit de la ferme et prit le chemin de la route rejoignant celle de Zahlé.

Plutôt satisfait.

Il avait commencé à exécuter les ordres de son chef. Avec deux véhicules bourrés d'explosifs et un téléphone portable, il était équipé pour envoyer en enfer ce chien d'agent de la CIA.

1. Bien.

leur visage en face du tuyau. Ce qui permettait de les nourrir et de leur donner à boire. Ils pouvaient rester là des semaines, en attendant de connaître leur sort. Ceux qui s'en sortaient n'oubliaient jamais.

Talal Abu Saniyeh se pencha sur le trou et fixa le visage de l'homme qui le regardait anxieusement.

La bouche collée au tuyau, il cria :

— Tu as été condamné, mon Frère. Prépare-toi à mourir et demande pardon à Dieu.

Le prisonnier poussa un hurlement atroce qui se noya dans la première détonation. Talal Abu Saniyeh tira encore une fois par sécurité. Le prisonnier ne bougeait plus, deux balles dans la tête. Il ne restait plus qu'à reboucher le trou après avoir enlevé le tuyau et cela faisait une tombe très convenable.

Le Palestinien continua sa « tournée », exécutant les deux autres prisonniers.

Ensuite, ils revinrent à la cabane et burent du thé. C'était le moment délicat.

— J'ai besoin de matériel, annonça Talal Abu Saniyeh. Puisque je passe par le Liban, je vais en profiter pour le donner à une cellule que nous avons en sommeil.

— Tu connais le chemin, dit le Palestinien. Voilà la clef, prends ce qu'il te faut, mais laisse-moi la liste de ce que tu emportes sur le cahier.

Talal Abu Saniyeh gagna le local gardé par deux hommes où était entreposé le matériel militaire. Il savait exactement ce qu'il voulait : un pain d'explosif,

un détonateur et un système de mise à feu, fonction-
nant avec un téléphone portable.

Il trouva facilement le tout et il l'enfouit dans sa
serviette, nota ce qu'il avait pris et ressortit.

Désormais, il disposait de ce qu'il fallait pour
accomplir la mission confiée par le Mossad.

La veille, il était parti à moto se promener, terminant son périple par le village d'Ali Douba. Tout était
conforme à ce que son OT israélien lui avait dit. Il
avait même repéré la boulangerie où le chauffeur du
général syrien s'arrêtait pour acheter ses *manakish*.

Effectivement, un attentat était possible durant le
court laps de temps où la voiture d'Ali Douba serait
sans surveillance.

Comme pour la liquidation d'Imad Mugnieh,
accomplie en plein Damas, c'était un acte audacieux,
mais pas désespéré. Bien sûr, il y avait toujours des
impondérables, mais, en principe, cela ne lui prendrait
qu'une poignée de secondes pour plaquer la charge
explosive sous la voiture d'Ali Douba, pendant
l'absence du chauffeur.

Quand l'explosion interviendrait, Talal Abu Saniyeh
serait déjà loin et n'aurait sur lui aucune preuve de
l'attentat qu'il venait de commettre.

Il restait un problème à résoudre : dissimuler le
matériel avant son départ de Syrie. Il devait pouvoir le
récupérer à son prochain voyage. Finalement, il n'y
avait qu'une possibilité : le cacher le plus près possible
du lieu d'attaque.

Après avoir rendu la clef au responsable du camp, il repartit à moto vers As Sanamayn. Un peu tendu : s'il était fouillé à un check-point, cela pouvait provoquer une catastrophe.

Il faudrait qu'il explique la destination des explosifs et du détonateur. En Syrie, le Hamas ne commettait pas d'attentats.

Arrivé à As Sanamayn, il tourna longtemps avant de découvrir ce qu'il cherchait.

Une église !

Un certain nombre de Chrétiens vivaient dans le village et y avaient leur lieu de culte.

En Syrie, les minorités religieuses ne posaient aucun problème, les Chrétiens étant là depuis toujours.

Après avoir déposé sa moto, il partit à pied vers l'église, heureusement ouverte.

Vide.

L'odeur de l'encens lui fit un drôle d'effet. Musulman pieux, il se sentait mal à l'aise dans ce lieu de culte étranger, pour ne pas dire hostile.

Il explora tous les recoins et finit par trouver, derrière un vieux confessionnal, un espace où il put glisser, entre le mur et la paroi de bois, son pain de Semtex, le détonateur et le système de mise à feu intégrant une minuterie.

À peine avait-il fini, qu'un prêtre surgit et vint lui demander s'il avait besoin de quelque chose.

Talal Abu Saniych l'assura du contraire, expliquant que, n'étant pas du village, il avait voulu aller prier quelques instants dans cette église.

– Allez en paix, mon fils, conclut le prêtre. La porte de la Maison de Dieu vous est toujours ouverte.

Le Palestinien ressortit soulagé. Tout était en ordre. Il ne lui restait plus qu'à récupérer auprès de son OT les 10 000 dollars qu'il ferait parvenir à sa famille.

Depuis qu'il avait été recruté par le Mossad, il vivait dans une sorte de rêve éveillé, ne faisant aucun projet, sachant seulement que sa vie pouvait s'arrêter d'une façon très désagréable, à chaque instant.

Seulement, il aimait sa sœur plus que tout et savait qu'en risquant sa vie, il prolongeait la sienne. Sans illusion. S'il lui arrivait quelque chose, les Israéliens arrêteraient son traitement, sans état d'âme.

Donc, il devait rester vivant. Le plus longtemps possible.

Il réenfourcha sa moto et reprit le chemin de Damas. La campagne syrienne semblait paisible, même si, au loin, on entendait parfois des explosions ou des tirs.

À l'entrée de la ville, il tomba sur un check-point qui examina méticuleusement ses papiers. Les Syriens n'aimaient guère les Palestiniens et se méfiaient d'eux. On le fouilla et, bien entendu, on trouva son pistolet.

Nouvelle discussion.

Il dut expliquer qu'en tant que responsable du Hamas, il était une cible des Israéliens et devait toujours être armé. Il fallut appeler le moukhabarat. Enfin, une heure plus tard on le laissa partir avec son arme, après avoir tout soigneusement noté.

Talal Abu Saniyeh en avait les mains qui trem-
blaient. Si on avait trouvé l'explosif sur lui, il aurait eu
beaucoup de mal à expliquer ce qu'il voulait en faire.

Tout le plan israélien tombait à l'eau.

Une fois dans Damas, il s'arrêta dans un café pour
boire une boisson gazeuse. Une fois de plus, il avait
frôlé la catastrophe.

Maintenant, il avait hâte de quitter la Syrie. Il
étouffait.

** ***

Tarak Sahlab, au volant d'une voiture en plaques
libanaises, s'arrêta au feu de l'avenue « Professor
Wafic Sinna », avant l'hôtel Four Seasons. À gauche,
un embranchement conduisait vers la Marina, puis
l'avenue continuait le long de la mer. Le Syrien se
tourna vers l'homme assis à côté de lui Ali Dehza.

Un spécialiste des explosifs faisant partie de son
staff à l'ambassade de Syrie.

Les deux véhicules ramenés de Aanjar dormaient
dans leur parking. Ils n'en sortiraient que pour venir
se positionner sur le lieu de l'attentat, après avoir été
« conditionnés » dans un garage ami.

Le Syrien redémarra et lança à son compagnon :

– Regarde, voilà l'entrée du Four Seasons !

Sur le trottoir, deux employés munis d'un détecteur
d'explosif inspectaient tous les véhicules qui stoppaient devant l'hôtel.

Tarak Sahlab passa devant le Four Seasons, puis emprunta une rue latérale en sens unique perpendiculaire à l'avenue Minet El Hosn, pour se garer un peu plus loin, le long du trottoir de la grande avenue, cinquante mètres après l'hôtel Four Seasons.

– Les voitures des clients utilisant le « valet parking », expliqua Tarak Sahlab, émergent du parking souterrain à gauche de l'entrée et vont se garer devant le comptoir des voituriers.

« Ensuite, en sortant de l'hôtel, elles doivent obligatoirement emprunter « Professor Wafic Sinna » en direction de l'est.

« Il est impossible de tourner dans l'autre direction, à cause du terre-plein central. Donc, les véhicules qui veulent retourner vers l'ouest, le Phoenica ou le St-Georges, doivent continuer quelques centaines de mètres jusqu'au prochain feu où on peut revenir sur ses pas.

« Donc, c'est là où nous nous sommes arrêtés qu'il faut positionner la voiture. Puisque, quel que soit l'endroit où le conducteur sort du Four Seasons, il devra passer devant.

« Ici le stationnement est interdit, mais il y a plusieurs boutiques de luxe et leurs clients se garent quand même le long du trottoir. La police ne dit jamais rien.

Il redémarra, continuant jusqu'au prochain feu pour revenir sur ses pas, en empruntant l'autre voie de l'avenue « Professor Wafic Sinna », de l'autre côté du terre-plein central.

Ils continuèrent, allant en direction du St-Georges. Là où Rafic Hariri avait terminé ses jours. Une statue de bronze dressée sur le terre-plein triangulaire le rappelait.

La voiture de Malko Linge n'était pas blindée, il suffisait d'une charge très inférieure pour le liquider sans faire sauter tout le quartier.

— Je voudrais repasser, demanda l'expert en explosif. J'ai besoin de vérifier les distances.

— De combien de gens as-tu besoin ?

— Un seul, je pense, moi. Avec le téléphone portable, j'ai un rayon d'action de deux cents mètres. Je surveillerai la sortie de l'hôtel, à partir de l'autre trottoir de « Professor Wafic Sinna ».

Tarak Sahlab se tourna vers lui, soucieux.

— Tu prends un risque. Tu vas être à pied ?

— Non, en voiture. Je la mettrai dans le parking souterrain de la Marina. De toute façon, j'aurai une moto garée plus loin et je ferai l'échange. Il faudra prévoir aussi un dispositif de protection, au cas où je serai poursuivi. Une voiture avec deux Frères. Pour bloquer un poursuivant.

— Tu crois que ça peut marcher ? demanda Tarak Sahlab, avec une certaine anxiété.

— J'ai fait des choses plus difficiles, fit modestement le Syrien.

C'est lui, qui, durant la grande vague de voitures piégées, avait formé les techniciens du Hezbollah.

— Quand peux-tu frapper ?

– À partir de demain.

– *Yallah* ! approuva Tarak Sahlab. On va aller déjeuner.

Il exultait. Les hommes qui surveillaient l'agent de la CIA avaient évidemment repéré le couple de « baby-sitters » qui ne le quittaient pas. Des hommes d'aspect redoutable, sûrement bien entraînés et bien armés. Ce qui devait donner à sa « cible » un sentiment de sécurité.

Seulement, on était à Beyrouth et rien ne résistait à une voiture piégée bien utilisée.

L'agent Malko Linge s'en rendrait compte à ses dépens, comme beaucoup, avant lui. En commençant par Rafic Hariri.

CHAPITRE XII

Mitt Rawley tendit à Malko une enveloppe de kraft cachetée de scotch.

– Voilà les 10 000 dollars pour votre Palestinien, dit-il. J'espère qu'ils vont servir à quelque chose. Je n'ai pas une confiance inouïe dans ce Talal Abu Saniyeh. Même si c'est une taupe du Mossad.

Malko empocha l'enveloppe.

– C'est seulement un « incentive », précisa-t-il. Ce sont les Israéliens qui « tiennent » Talal Abu Saniyeh, pas nous. À travers le traitement administré à sa sœur cancéreuse et celui de son frère emprisonné. Ces 10 000 dollars ne sont qu'une prime pour une mission particulièrement difficile. N'oubliez pas qu'aux yeux de ce Palestinien, je suis, moi aussi, un Israélien.

– De toute façon, nous n'avons pas le choix, conclut le chef de Station de la CIA à Beyrouth. Comment comptez-vous le contacter lors de son passage à l'aéroport ?

– Je n'en ai pas encore la moindre idée, avoua Malko. Je sais qu'il arrive à Damas par la route et qu'il n'est pas seul. Je pense que c'est lui qui prendra l'initiative. Je vais surveiller particulièrement l'enregistrement du vol Egyptair en souhaitant qu'il arrive à se rapprocher de moi.

– Il faudrait mieux prendre un billet pour le Caire, remarqua l'Américain. Au cas où le contact échouerait ici.

– C'est une solution, reconnut Malko, mais dangereuse. Les Syriens qui épluchent tous les vols risquent de le savoir et de se poser des questions. S'ils font le rapprochement, Talal Abu Saniyeh grillé, toute l'opération tombe à l'eau.

« Au pire, il me recontactera via la boîte vocale de Chypre. Il ne faut prendre aucun risque de sécurité.

– *As you like*, conclut l'Américain.

Nerveux. La manip imaginée par les Israéliens était tellement tortueuse que tout était à craindre.

– Il faut que vous arriviez à l'aéroport en étant certain de ne pas avoir été suivi, recommanda Mitt Rawley. On fait comme on a dit.

– Tout à fait, approuva Malko.

***

Les deux agents du moukhabarat syrien commençaient à s'inquiéter. Ils avaient suivi Malko jusqu'à l'entrée de la route conduisant à la colline d'Akwar, trois heures plus tôt, et il n'était toujours pas ressorti. Aucun hélicoptère n'avait décollé de l'ambassade et il n'y avait pas d'autre sortie.

Évidemment, plusieurs véhicules aux vitres fumées étaient sorties depuis et il pouvait très bien se trouver dans l'une d'entre elles. Après avoir laissé ses gardes du corps sur place.

Un des deux appela sur un téléphone crypté son chef, à l'ambassade syrienne. Celui-ci ne sembla pas se troubler.

– Ce n'est pas grave, assura-t-il. Il attend peut-être un hélicoptère. Ne lâchez pas. De toute façon, dans deux jours, tout cela sera terminé.

L'agent de la CIA éliminé, les Américains mettraient sûrement un certain temps à réorganiser leur dispositif.

Soudain, le moukhabarat poussa une exclamation :
– Ça y est, le voilà !

Il venait de voir la Mercedes de l'homme qu'ils surveillaient franchir le check-point des « marines ». Elle passa devant eux et il distingua un conducteur au volant, avec à côté de lui, un des gardes du corps et le second à l'arrière, à côté d'un homme dont ils ne purent distinguer le visage.

La voiture tourna à gauche, repartant vers Beyrouth.

***

Le portable de Mitt Rawley couina. Un SMS qu'il lut aussitôt.

– Ça y est ! annonça-t-il à Malko. Ils sont partis derrière votre voiture.

L'agent de la CIA posté en moto au croisement de la route d'Akwar et de l'autoroute de Tripoli, venait de prendre en charge le véhicule des Syriens. La voiture qu'ils suivaient contenait bien les deux « gorilles » et un chauffeur. Seulement l'homme assis à l'arrière n'était pas Malko, mais un « field officer » de la Station.

– Vous pouvez y aller ! lança Mitt Rawley.

Il avait préparé pour Malko une des voitures « banalisées » de la Station, en plaques libanaises, passant totalement inaperçue. Qui lui permettrait de se garer dans le parking de l'aéroport où il devait retrouver Talal Abu Saniyeh.

Malko descendit au parking et s'installa au volant d'une Volkswagen verte déjà ancienne. Il avait largement le temps, mais ne voulait pas courir le moindre risque.

Volontairement, il avait laissé son Glock 27 dans la Mercedes. À l'aéroport, il n'en avait pas besoin.

Talal Abu Saniyeh n'était pas un adversaire.

En principe.

***

La vieille Audi 4 franchit le poste frontière libanais et prit la route de la Beeka. Dans moins de deux heures, ils seraient à Beyrouth. Talal Abu Saniyeh consulta sa montre. Dissimulant sa nervosité. Hafez Salim, l'homme qui se tenait à côté de lui, membre du

Hamas également, était totalement pro-syrien, et dirigeait l'antenne du Hamas à Damas. C'est lui qui gérait
les rapports entre Khaled Meshall et les autorités
syriennes.

Ils devaient se séparer à l'aéroport de Beyrouth.
Hafez Salim prenait un vol pour Doha afin d'aller
porter un message au chef du Hamas, tandis que Talal
Abu Saniyeh, du Caire, remonterait sur El Arish afin
de retourner quelques jours à Gaza.

Seul problème : le vol pour Doha décollait à 13
heures 40, une bonne heure après celui du Caire. Donc,
Hafez Salim risquait de rester avec lui jusqu'à la
dernière seconde.

Bien sûr, ce dernier ne surveillait pas Talal, cependant, une vieille habitude de la clandestinité le rendait
particulièrement méfiant. À aucun prix, il ne devait se
douter du contact avec l'agent du Mossad.

La voiture se lança sur l'interminable ligne droite
qui montait vers Zahlé.

Talal Abu Saniyeh avait du mal à respirer. Il haïs-
sait les Israéliens et ne pensait qu'à sa sœur. Sachant
que sa vie dépendait de lui, il ne pouvait pas lui faire
faux bond. Sa vie n'aurait plus aucun sens. Hafez
Salim se tourna vers lui :

– Si on roule bien, on aura le temps de manger
quelque chose à l'aéroport.

– C'est une bonne idée, approuva le Palestinien.

Pensant aux embûches qui l'attendaient. Il regrettait
presque d'avoir réclamé ces 10 000 dollars dont il

n'avait pas besoin pour lui-même. C'était uniquement pour améliorer le sort de sa sœur et de son frère.

Pendant quelques instants, il pensa aux trois hommes qu'il avait exécutés de sa main, à Damas. Se disant qu'en cas de pépin, c'est lui qui se retrouverait sous terre, en sursis. Et, qu'un jour, un membre du Hamas viendrait lui tirer une balle dans la tête, sans plus de scrupule qu'il n'en avait eu.

C'était la guerre.

*
* *

La longue salle des départs de l'aéroport de Beyrouth était aussi animée que d'habitude. Sur la droite, une file de passagers attendait pour franchir la sécurité et parvenir à la zone d'embarquement.

Malko prit la queue comme tout le monde, traînant une petite valise à roulettes pleine de quelques affaires. Afin de passer inaperçu. Dans un aéroport, un homme, les mains vides, se faisait plus facilement remarquer.

Il tendit au passage son billet pour Amman pris par l'ambassade US. Le policier ne vérifiait rien de la destination, on devait simplement avoir un billet et un passeport pour franchir le barrage de sécurité, la zone suivante étant réservée aux passagers.

Sa valise passa dans le tunnel de la sécurité sans encombre et il se retrouva en face des comptoirs d'embarquement.

Celui d'Egyptair était encore pratiquement vide, l'enregistrement n'étant même pas ouvert.

Malko continua un peu plus loin et s'assit à côté d'un kiosque à journaux, sa valise devant lui. Un passager parmi d'autres. Il y avait peu de chances que les agents syriens viennent le débusquer ici. Il ne restait plus qu'à attendre Talal Abu Saniyeh et à prier.

**

La voiture des Syriens se traînait dans les lacets descendant sur Beyrouth, engluée dans un embouteillage monstrueux. Talal Abu Saniyeh regarda nerveusement sa montre.

– Je vais rater mon avion ! lâcha-t-il.

Hafez Salim ne se troubla pas.

– Viens avec moi à Doha...

– Je ne peux pas, je dois être à El Arish demain très tôt. On vient me chercher.

Sa nervosité ne venait pas seulement de là. En arrivant à la dernière minute, il aurait du mal à contacter l'agent du Mossad. Pourvu que ce dernier ne commette pas une imprudence ! Il en avait des sueurs froides.

**

Malko avait l'estomac tordu d'angoisse. L'enregistrement du vol Egyptair pour le Caire était ouvert depuis longtemps. Il restait un quart d'heure avant sa clôture.

Toujours pas de Talal Abu Saniyeh…

Après l'enregistrement, les passagers accédaient au contrôle d'immigration. Là, seuls ceux munis d'une carte d'embarquement pouvaient passer. Or, Malko n'en avait pas. Bien sûr, il pouvait se précipiter au comptoir des Jordanian Airlines et se faire enregistrer. Seulement si, ensuite, il ne partait pas, cela risquait de générer des contrôles.

Pas vraiment souhaitable.

En plus, il courait le risque de rater le Palestinien du Hamas.

Il ne restait plus qu'une demi-douzaine de passagers devant les comptoirs de la compagnie égyptienne lorsqu'enfin il vit surgir deux hommes qui se dirigèrent rapidement vers l'enregistrement.

L'un deux était Talal Abu Saniyeh.

L'autre était inconnu de Malko.

Celui-ci observa leur manège. En quelques minutes, le Palestinien fut enregistré et repartit avec sa carte d'embarquement.

Pour faire la queue à l'Immigration. Toujours flanqué de son compagnon.

Impossible de l'aborder. Malko se leva, et à tout hasard, se glissa dans une des files à son tour, voisine de celle où Talal Abu Saniyeh et son ami bavardaient. La sienne n'avançait pratiquement pas, à cause d'un officier d'immigration particulièrement tatillon. Malko ne quittait pas des yeux les deux hommes dans la file voisine.

Encore quelques minutes et Talal Abu Saniyeh lui
échapperait définitivement. Toute l'opération de la
CIA en serait retardée de plusieurs jours.

Soudain, il vit le Palestinien et son compagnon
s'étreindre et s'embrasser trois fois. Quelques instants
plus tard, le second voyageur quittait la file d'attente
et s'éloignait. Malko le vit se diriger vers un des
restaurants et disparaître.

Pour le moment, il ne voyait que le dos de Talal
Abu Saniyeh quelques mètres en avant. Le Palestinien
ne semblait pas le chercher. Enfin, celui-ci se retourna
et leurs regards se croisèrent. Pourtant, Talal Abu
Saniyeh ne réagit pas, se retournant à nouveau, comme
s'il n'avait pas vu Malko !

Celui-ci n'hésita pas. Quittant sa file, il se glissa
dans l'autre. Il était temps : Talal Abu Saniyeh n'avait
plus qu'une personne devant lui, avant le contrôle.

Malko se glissa devant lui avec un sourire et lui
lança en anglais :

– J'ai failli rater l'avion. L'autre file n'avance pas !

Heureusement que les Orientaux sont plutôt pas-
sifs : personne, derrière eux, ne semblait s'offusquer
qu'il se glisse dans la file. Talal Abu Saniyeh lui
adressa un vague sourire. Ils n'avaient plus beaucoup
de temps.

– Tout s'est bien passé là-bas ? demanda Malko
d'une voix égale.

Le Palestinien inclina la tête affirmativement.

Ils étaient maintenant côte à côte. Malko sortit
l'enveloppe des 10 000 dollars et la fourra littérale-

ment dans la main de Talal Abu Saniyeh. Les doigts de ce dernier se refermèrent dessus, et il la glissa dans sa poche. Cela n'avait pas duré vingt secondes…

Soudain, Talal Abu Saniyeh étreignit Malko, à l'orientale, l'embrassant sur les deux joues. Comme deux amis qui se séparent. Malko entendit quelques mots chuchotés à son oreille :

– Je retourne à Damas dans quatre jours. Tout est prêt là-bas.

Déjà, il se séparait de Malko et marchait vers la guérite vitrée de l'Immigration, posant son passeport sur le rebord du comptoir.

D'un geste naturel, Malko quitta la file et revint sur ses pas, sans se retourner.

Arrivé au bout de la file, il le fit quand même. Talal Abu Saniyeh avait disparu. Dans quelques minutes, il s'envolerait vers l'Égypte.

Et, dans quatre jours, le sort d'Ali Douba serait réglé, permettant d'aborder la seconde partie de la manip, la plus difficile : l'entrée en lice du général Abdallah Al Qadam, la seconde « taupe » syrienne du Mossad.

CHAPITRE XIII

Adnan Hakim, l'agent syrien, sursauta. En planque devant l'entrée du Four Seasons, il venait de voir débarquer d'une Chevrolet en plaques diplomatiques l'agent de la CIA Malko Linge. Or, il était persuadé que ce dernier était *déjà* rentré avec ses deux « gorilles », une bonne heure plus tôt, dans sa voiture.

Quelque chose ne collait pas. Malko Linge venait d'entrer dans l'hôtel, comme si de rien n'était et la Chevrolet était repartie. Le Syrien se sentit bouillir de rage et de frustration. Malko Linge les avait enfumés ! Certainement pour une raison sérieuse.

Son premier réflexe fut d'appeler son chef, puis il se ravisa. Il risquait, au minimum une terrible engueulade et au pire le rappel à Damas, pour son erreur.

Ce qui pouvait se traduire par des choses très désagréables pour lui.

Finalement, il décida de se taire. Puisque son chef lui avait dit que tout serait terminé dans deux jours, pourquoi se casser la tête ?

Il se raidit, l'agent de la CIA venait de réapparaître, encadré de ses deux gorilles. On lui amena sa Mercedes et ils repartirent, direction la place des Martyrs. Ensuite, ce fut l'avenue Charles Helou puis de nouveau l'ambassade américaine.

Tout était rentré dans l'ordre, sauf le « trou » dans l'emploi du temps de Malko Linge. Qu'avait-il fait durant les trois heures où il avait disparu ?

*
* *

Mitt Rawley était soulagé que le contact entre Malko et Talal Abu Saniyeh se soit bien passé.

– On va appeler Tamir pour leur dire, proposa-t-il, sur une ligne protégée. Ça nous évitera d'aller à Chypre. On a reçu des instructions de Langley pour réduire les rotations d'hélicos : ça coûte trop cher.

Tamir Pardo n'était pas là. Une voix anonyme promit de rappeler dans l'heure qui suivait. Du coup, Mitt Rawley décida de s'accorder une petite détente. Entraînant Malko sur la terrasse de son bureau, il alluma un cigare.

– Vous avez des nouvelles de la Syrie ? demanda ce dernier.

– Oui, ça ne bouge pas beaucoup. Les Syriens continuent à faire le ménage. Il n'y a plus de gros foyers d'insurrection, mais la partie est loin d'être gagnée définitivement. Le Qatar et L'Arabie saoudite n'abandonneront jamais. Ils ont de l'argent et, à travers l'Irak, ils peuvent faire passer du matos. L'opinion publique internationale continue à être vent debout contre Bachar. Il faut leur donner un os à ronger. Un nouveau président serait parfait, surtout appuyé par nous et la Ligue Arabe.

– La Ligue Arabe ? s'étonna Malko, mais je croyais qu'ils étaient farouchement anti-Bachar.

L'Américain souffla la fumée de son cigare et sourit.

– En apparence. Seulement, c'est l'Irak qui en est le président pour six mois. Cela change tout. Le gouvernement irakien est très favorable à l'Iran. Allié de la Syrie. Si on leur présente une solution « convenable », ils la soutiendront et les Saoudiens devront fermer leur gueule.

Il allait continuer quand sa secrétaire passa la tête dans la porte-fenêtre.

– Monsieur Pardo vous rappelle.

Le chef du Mossad semblait d'excellente humeur, bien que prudent au téléphone. Il ne semblait pas avoir la même confiance aveugle dans le brouillage que les Américains.

Après avoir écouté le rapport de Malko, il se laissa aller à ce qui ressemblait à des félicitations.

– Vous avez bien drivé notre ami, dit-il. Je pense qu'il va faire ce qu'on lui demande. Il est très motivé. J'espère aussi que nous ne le perdrons pas…

Encore de l'humour israélien.

– Il serait peut-être temps d'activer la seconde personne ? suggéra Mitt Rawley, par l'intermédiaire du haut-parleur.

Il y eut un silence, puis, d'une voix égale, Tamir Pardo laissa tomber :

– Attendons la fin de la première phase. Je suggère une rencontre entre nous tous ensuite, à l'endroit habituel. Car la suite est encore plus délicate.

« Je pense que nous aurons des nouvelles en même temps. Si rien ne se passait, il faudrait reconsidérer la situation.

Toujours optimiste. Lorsque l'Israélien eut raccroché, Mitt Rawley se tourna vers Malko. Un peu refroidi.

– J'espère qu'il ne nous fait pas un enfant dans le dos ! Il avait l'air bien distant.

– Il est prudent ! corrigea Malko, qui connaissait bien les Israéliens. Et il a raison : inutile de commencer la phase B avant que la phase A ne soit accomplie. N'oubliez pas que, même si Talal réussit son coup, il y a des décisions que seul le pouvoir syrien peut prendre. Comme la nomination du remplaçant d'Ali Douba au Comité militaire baasiste.

« Dans cette affaire, nous jouons tout sur une hypothèse israélienne. Or, ils se sont déjà trompés dans le passé. Il n'y a plus qu'à attendre paisiblement. Il fait beau. Profitez-en.

***

Naef Jna regardait avec attendrissement la mer se briser en contrebas du restaurant « Samy » à Jounieh.

Malko avait suivi le conseil de Mitt Rawley. En attendant l'action de Talal Abu Saniyeh, il se détendait. Cette fois, la vendeuse de la bijouterie Nassar n'avait pas fait de difficulté pour accepter de dîner avec lui. Demandant simplement à passer se changer chez elle.

– C'est très joli, ici, remarqua-t-elle. Je ne connaissais pas. Je n'ai pas de voiture et mes amis n'ont pas beaucoup d'argent.

Elle portait une tenue islamique « améliorée ». Une longue tunique de soie noire, très moulante, profondément décolletée en V fermé, sur un pantalon assorti, tout aussi moulant. Même avec les deux couches de tissu, les courbes de sa croupe crevaient le tissu.

Elle tourna la tête vers la table voisine où Chris Jones et Milton Brabeck s'étaient installés, surveillant la salle et l'entrée, au-delà du grand bar central.

– Ils ne te quittent jamais ? demanda-t-elle.

– Ils sont là pour cela, dit Malko. Après tout ce qui est arrivé, il vaut mieux être prudent.

Le visage de Naef Jna s'assombrit.

– C'est vrai. J'avais presque oublié que Madame Farah est morte. Ce n'était pas une mauvaise femme.

On apportait un énorme bar cuit dans une croûte de sel. C'est tout juste si la jeune femme ne frappa pas dans ses mains de joie ! Ses yeux brillaient : elle était visiblement heureuse. Leurs regards se croisèrent et elle posa sa longue main manucurée sur celle de Malko.

– Je suis heureuse d'être ici, avec toi, dit-elle, même si cela ne dure pas.

Le regard de Malko parcourut son corps mince et il sentit son ventre se réveiller.

Lui aussi profitait à fond de cet intermède. Il vivait une existence trop dangereuse pour ne pas savourer tous les moments de détente offerts par le destin.

Carpe Diem.

Il n'épouserait pas Naef Jna, ne la reverrait probablement jamais mais, pour l'instant, il n'était qu'un homme qui avait très envie d'une femme ravissante, prête, elle aussi, à se laisser aller. Demain serait un autre jour.

Il jeta un coup d'œil à la table de ses deux « baby-sitters ». Ils dévisageaient avidement Naef Jna. Lorsqu'ils croisèrent le regard de Malko, ils plongèrent vivement le nez dans leur assiette.

– Quel âge, tu crois? demanda Milton Brabeck à Chris Jones.

Ce dernier secoua la tête.

– Tu te fais du mal. Tu n'as pas encore l'habitude? Le Prince déniche toujours des créatures de rêve qui lui tombent dans les bras. Celle-là est comme les autres. Peut-être un peu plus jeune.

– Moi, j'oserais pas, soupira Milton Brabeck. J'aurais l'impression de commettre un attentat à la pudeur...

Chris Jones ricana.

– Rassure-toi, il ne va pas la violer. Moi, si je m'approchais d'une fille comme ça, elle appellerait les flics.

– Tu as vu son cul ! fit rêveusement le second « gorille ». J'ose à peine penser à ce qu'il va lui faire.

Pour se calmer, il but une large rasade de Pepsi-Cola. Ils avaient à peine touché aux mézés, mais le poisson semblait familier, simplement avec un nom différent.

Milton Brabeck sursauta.

– Hé ! Tu vois ce qui arrive ?

Deux malabars au crâne rasé, avec des vestes amples, des jeans et le regard aigu. Cela sentait le tueur. Discrètement, Chris Jones posa la main sur son MP 5 à crosse pliante, posé sur la chaise voisine sous une serviette. Les deux nouveaux venus s'étaient arrêtés et inspectaient la salle. Quand ils repérèrent Chris Jones et Milton Brabeck, ils marquèrent un temps d'arrêt.

Eux aussi avaient de l'instinct.

Finalement, ils se détournèrent pour laisser passer un gros homme en veste de cuir, escorté d'une somptueuse créature botoxée à souhait, hautaine, la poitrine en avant, qui ondulait en marchant. Derrière, deux autres « affreux » fermaient la marche.

Le patron accueillit chaleureusement le groupe et les emmena avec toutes les marques de respect possibles à l'autre bout du restaurant.

– Bon, c'est pas pour nous ! conclut Chris Jones.

Il ignorait que le Liban, après quinze ans de guerre civile et 100 000 morts, était toujours un pays violent en puissance et que ceux qui avaient échappé à un attentat prenaient leurs précautions.

– Je me demande ce qu'on est venus faire ici ? soupira Milton Brabeck qui suffoquait sous sa veste en kevlar GK capable d'arrêter un projectile de Kalach.

– Veiller sur le Prince ! laissa tomber Chris Jones. On ne sait jamais. On n'a pas toujours été inutiles au cours des autres missions.

C'est vrai qu'ils avaient déjà un beau tableau de chasse à leur actif, assez de malfaisants pour remplir un petit cimetière de campagne.

Ils étaient en train de savourer leurs cafés lorsqu'ils virent Malko se lever, escorté de Naef Jna qui semblait plus amoureuse que jamais.

Chris Jones se brûla tant il but vite, tandis que Milton Brabeck remarquait, avec une pointe d'acidité :

– Je crois que dans les heures qui suivent, il ne va pas risquer grand-chose. À part l'épuisement…

Chris Jones lui jeta un regard sévère.

– Si tu étais avec une nana comme ça, tu la boufferais jusqu'à l'os.

Au Four Seasons, ils occupaient les deux chambres mitoyennes de celle de Malko.

**

Lorsque Malko posa la main sur l'entrejambe de Naef Jna, tout en conduisant, la jeune femme écarta légèrement les cuisses, comme pour l'inviter à la caresser. Malko laissa glisser ses doigts jusqu'au sexe moulé par le pantalon, prenant soin d'avoir des gestes maîtrisés : à l'arrière, Chris et Milton retenaient leur souffle.

C'était la première fois que Naef Jna et lui avaient une relation apaisée, autre chose qu'un brutal coup de sexe.

Les yeux fermés, la jeune femme se laissait faire. Sans souci des deux « gorilles » qui essayaient de toutes leurs forces de ne regarder *que* la route. Elle prit sa main et la glissa à même sa peau, sous la soie élastique du pantalon. La respiration haletante, les yeux fermés, elle ondulait de plus en plus vite.

À l'arrière, les deux Américains avaient pratiquement cessé de respirer. Heureusement, la circulation était fluide et leur supplice ne dura pas longtemps.

Lorsqu'elle traversa le lobby, Naef Jna semblait dans un état second. Dans l'ascenseur, elle se colla à Malko et l'embrassa avec violence.

À peine dans la chambre, elle se débarrassa de sa tunique, ne gardant qu'un soutien-gorge noir et s'allongea sur le lit, faisant aussitôt glisser son pantalon le long de ses longues jambes. Malko défit son soutien-gorge et c'est elle qui le dépouilla de tous ses vêtements. Regardant longuement son sexe. Avant de se pencher et de le prendre dans sa bouche. Agenouillée sur le côté, de façon à permettre à Malko de la caresser, tandis qu'elle le faisait durcir.

Lorsqu'elle l'abandonna pour s'installer à quatre pattes sur le lit, Malko ne pouvait pas détacher les yeux de cette croupe hallucinante contrastant avec les hanches minces.

Le rêve impossible de tout homme digne de ce nom.

Naef Jna, comme la première fois, saisit le sexe de Malko dans sa main, pour le guider à coup sûr.

Il s'enfonça dans ses reins aussi facilement que dans un sexe. Dès qu'il fut au fond, Naef Jna commença à onduler sous lui, tandis qu'elle se caressait furieusement.

Finalement, Malko empoigna ses hanches minces et donna un coup de reins si violent qu'il arracha un cri à la jeune femme. Un cri et une vague de plaisir qui déclencha celui de Malko.

Un rêve.

Ils restèrent emboîtés l'un dans l'autre un long moment puis Naef Jna bougea sur lui.

— Tu veux rentrer chez toi ? demanda Malko.

— Non, dit-elle, j'ai dit à ma mère que je dormais chez une copine. Si ça ne te dérange pas, je préfère rester avec toi.

Elle fila vers la salle de bains, et revint plus tard faire la toilette de Malko avec un gant humide. Avant de s'endormir dans ses bras.

***

Chris Jones avait mis la télé à fond pour ne pas entendre les cris de plaisir venant de la chambre voisine. Impossible de dormir. Il se leva et alla regarder la mer à travers la baie vitrée.

Pas une lumière.

De rares voitures passaient devant l'hôtel. Dans les deux sens. L'Américain aperçut soudain un fourgon blanc qui s'arrêtait à une cinquantaine de mètres après l'hôtel, en face d'une boutique. Son conducteur descendit et s'éloigna à pied dans l'avenue « Professor Wafic Sinna ».

L'Américain rabattit le rideau. Le bruit avait cessé dans la chambre voisine. Il se dit qu'il allait peut-être pouvoir dormir.

CHAPITRE XIV

Le jour réveilla Malko. En rentrant la veille au soir, avec Naef Jna, il avait oublié de fermer les rideaux. La jeune Libanaise dormait sur le côté, lui tournant le dos. Comme un bébé. Il se rapprocha doucement pour sentir la chaleur de son corps.

Peu à peu, ils s'emboîtèrent comme des petites cuillères. Le contact de cette croupe chaude et extraordinairement cambrée acheva de réveiller Malko.

La jeune femme semblait continuer à dormir, mais lorsque le sexe de Malko collé à ses fesses commença à se développer, elle réagit en se serrant un peu plus contre lui.

Il glissa une main le long de son torse, épousant la forme d'un sein, le caressant doucement jusqu'à ce qu'il sente la poitrine se dresser sous ses doigts.

Désormais, la croupe ondulait légèrement, augmentant encore son désir. Il se remit à penser à la veille au soir, lorsqu'il avait violé ces reins avec tellement de facilité. Il était maintenant dur comme fer et n'avait qu'une idée : recommencer à percer cette croupe merveilleuse. Il bougea un peu, pour placer son membre raidi à l'entrée des reins de Naef.

Celle-ci s'étira alors, puis se retourna, venant se blottir dans ses bras, face à lui.

Elle prit son sexe entre ses doigts et commença à le masturber très lentement. Malko pensa qu'elle allait le prendre dans sa bouche pour faciliter ce qui se passerait ensuite, mais elle ouvrit les yeux et murmura :

– J'ai envie de faire l'amour avec toi…

Malko sourit.

– Tu m'as dit que tu voulais rester vierge. C'était très bon hier soir.

– Pour moi aussi, dit Naef Jna. Mais je ne sais pas ce que j'ai, je voudrais que tu me prennes. Seulement, il faut que tu me donnes mille dollars.

En voyant la surprise dans les yeux de Malko, elle découvrit ses dents éblouissantes et précisa :

– Je ne me fais payer pour faire l'amour avec toi. Seulement, j'aurai besoin d'aller voir un chirurgien pour qu'il me refasse un hymen. Beaucoup de filles le font. Et c'est le prix.

Désarmante candeur.

– Ne te tracasse pas, dit Malko. C'est comme si tu les avais.

Un sourire ravi éclaira les traits de la jeune femme. Doucement elle bascula, s'allongeant sur le dos, les jambes ouvertes.

– Alors, fais-le, dit-elle. Maintenant.

C'est elle qui l'attira, ouvrant encore plus les cuisses. Malko saisit son sexe et chercha celui de la jeune femme, appuyant le sien contre la muqueuse fragile. Sans trop pousser.

Naef écarta encore plus ses cuisses, comme pour l'encourager. Maintenant, il avait pénétré de quelques centimètres en elle et sentait la chaleur de ce sexe vierge qui semblait l'aspirer. Il força très légèrement, sentit une résistance et s'arrêta aussitôt.

Naef gémissait, ses bras s'étaient refermés sur le dos de Malko. Ses yeux étaient clos.

– Oh, c'est bon ! dit-elle. *Yallah* !

Malko banda ses muscles, et de nouveau, sentit une résistance. Les ongles de Naef s'enfonçaient dans son dos. Alors, après s'être placé bien dans l'axe, il poussa lentement, de toutes ses forces. L'hymen céda d'un coup.

Son sexe fut comme avalé. Naef Jna poussa un cri bref et enfonça ses ongles dans sa chair. Malko se retira un peu, puis revint se renfonça deux ou trois fois en forçant chaque fois un peu moins.

La jeune femme respirait fort, ses cuisses le serraient, son ventre se creusait. Malko revint au fond du sexe qu'il venait d'ouvrir. Il était extraordinairement excité. C'est presque sans bouger qu'il jouit, abuté au fond.

Il s'immobilisa, ébloui par le plaisir qui lui avait tordu le ventre.

Lentement, les ongles de Naef Jna s'arrachèrent de son dos. Mais quand il voulu se retirer, elle serra son bras autour de ses reins comme pour le maintenir en elle. Alors, seulement, elle rouvrit les yeux et dit :

– Tu m'as fait un peu mal, mais je suis bien. Reste.

Elle referma les yeux et Malko eut l'impression qu'elle s'endormait.

***

Il était presque une heure.

Naef Jna ressortit de la salle de bains, drapée dans une serviette. Ils venaient de refaire l'amour. Cette fois, des deux côtés, et Malko s'était répandu dans sa croupe, comme un sauvage, lui arrachant des cris de plaisir. C'est encore de cette façon qu'elle jouissait le mieux. Elle n'était pas encore habituée.

– Je voudrais qu'on retourne chez Samy, à Jounieh, dit-elle. Je vais téléphoner à la bijouterie, dire que je suis malade.

Visiblement, c'était un grand jour pour elle.

Et pour Malko aussi.

Ils descendirent un peu plus tard, tombant, à la sortie de l'ascenseur sur Chris Jones et Milton Brabeck, installés dans deux fauteuils du Lounge, harnachés, prêts à aller au combat. Quand ils se levèrent, cela fit presque un cliquetis métallique.

– J'espère que vous avez bien dormi! demanda Milton Brabeck avec une nuance d'irrespect.

L'idée que leur boss s'ébattait avec une créature de rêve jusqu'à des heures pas possibles, tandis qu'ils poireautaient en buvant du Pepsi, l'amertumait…

– On retourne à Jounieh, annonça Malko. Chez Samy.

Il sortit le premier pour réclamer sa voiture, les deux « gorilles » l'encadrant ensuite. Même pas maquillée, Naef était encore extrêmement désirable et les deux Américains avaient du mal à ne pas garder leur regard glué à elle.

Soudain, Chris Jones s'immobilisa, fixant quelque chose, après le croisement. Plusieurs véhicules étaient en stationnement, le long du trottoir.

Le « baby-sitter » se tourna vers Malko, soucieux.

– Vous voyez le fourgon blanc, après la grosse Chrysler, en face de la boutique Porsche.

– Oui, dit Malko. Qu'est-ce qu'il a ?

– Cette nuit, j'avais du mal à dormir, il était assez tard et j'ai regardé par la fenêtre. Je l'ai vu arriver et se garer. Le type qui le conduisait est parti à pied. C'est bizarre d'amener un fourgon la nuit... Vous permettez que j'aille voir ?

– Bien sûr, approuva Malko, intrigué par la remarque de l'Américain.

Les « gorilles » voyaient le mal partout. De toute façon, sa voiture n'était pas encore remontée du parking.

Chris Jones traversa la rue transversale longeant le Four Seasons et alla se planter devant le fourgon en faisant le tour. Lorsqu'il revint, il avait l'air soucieux.

– C'est un truc de décorateur ! annonça-t-il. Il y a un panneau en arabe derrière le pare-brise.

Naef Jna, spontanément, proposa :

– Je vais aller voir ce qu'il dit.

Lorsqu'elle revint, elle paraissait totalement détendue.

– C'est un véhicule en panne, annonça-t-elle. Le chauffeur a mis un panneau pour ne pas avoir de contravention.

Chris Jones regarda Malko avec une expression bizarre.

– J'ai vu arriver ce truc, dit-il. Il ne semblait pas en panne. Et puis, pourquoi un décorateur travaillerait la nuit ?

La remarque du « gorille » n'était pas idiote. Le pouls de Malko s'envola.

– Je vais aller le revoir, proposa le « gorille ».

– Non, dit Malko, cela peut être dangereux. Il vaut mieux appeler la police.

Il n'arrivait plus à détacher ses yeux du fourgon blanc.

Naef Jna le prit gentiment pas le bras.

– On va déjeuner ? J'ai faim.

La Mercedes de Malko venait d'arriver. Elle s'y installa.

*
* *

Appuyé à la balustrade de pierre entourant l'immense terrain en face du Four Seasons, sur l'autre trottoir de « Professor Wafic Sinna », Ali Hammoud ne lâchait pas des yeux le petit groupe de l'autre côté de l'avenue, sous l'auvent du Four Seasons.

Au fond de sa poche, sa main serrait un petit portable Nokia. Il avait déjà composé le numéro et il lui suffisait de lancer la communication pour déclencher l'explosion de la voiture piégée.

Nerveux, il avait assisté de loin à la « reconnaissance » de Chris Jones, qui avait été tourner autour du véhicule. Que se passait-il ? Personne ne pouvait rien soupçonner. Il n'y avait pas eu de voitures piégées à Beyrouth depuis des années…

Il se détendit un peu : la femme venait de monter dans la Mercedes de l'agent de la CIA.

Dès qu'il aurait déclenché l'explosion à distance, il plongerait dans le parking souterrain de la Marina pour reprendre son propre véhicule.

Mission accomplie.

Il posa l'index sur « send ». En une fraction de seconde, il était prêt.

***

– Attendez, lança Chris Jones à Malko, ne montez pas dans votre voiture. Il y a quelque chose de suspect. Je suis chargé de votre protection, je ne veux prendre aucun risque.

« J'ai un truc pour vérifier. Attendez-moi là.

Laissant Malko sous la garde de Milton Brabeck, il rentra en courant dans l'hôtel.

Malko se tourna vers un des voituriers munis d'un détecteur d'explosif, une longe d'acier se terminant par une poignée en ébonite noire.

– Pourriez-vous aller vérifier le véhicule là-bas ? demanda-il. Il me paraît suspect.

Le voiturier regarda le fourgon blanc et répliqua aussitôt :

– Je n'ai pas le droit de m'éloigner de l'hôtel, sir, dit-il. Celui-là est trop loin. Voulez-vous que j'appelle la police, elle va venir très vite. Heureusement il n'y a plus de ces saloperies à Beyrouth depuis longtemps, ajouta-t-il avec un sourire rassurant.

Malko n'insista pas.

D'ailleurs, Chris Jones ressortait de l'hôtel, un détecteur semblable à ceux des voituriers dans la main droite. Il traversa le carrefour et s'approcha du fourgon blanc, puis braqua la tige d'acier sur le véhicule arrêté le long du trottoir.

***

Ali Hammoud était tétanisé. La vue de cet inconnu braquant sur le fourgon piégé un détecteur d'explosif signifiait que sa manip était éventée. Sa main se crispa au fond de sa poche et il faillit déclencher l'explosion.

Se retenant au dernier moment. L'inconnu à côté du fourgon n'était pas sa cible. Il se força à garder son sang-froid, ce n'était peut-être qu'une fausse alerte.

***

Le crépitement qui sortit du détecteur d'explosifs mit quelques fractions de seconde à atteindre le cerveau de Chris Jones.

Il eut l'impression, soudain, qu'il avait des semelles de plomb, qu'il était incapable de bouger. Il se retourna, voulant appeler Malko, mais aucun son ne sortit. Bien sûr, à l'entraînement, il avait vécu cette scène, mais, là, ce n'était plus du training. Si l'appareil ne se trompait pas, ce fourgon était une machine infernale. Prête à le tuer.

Il resta figé sans lâcher la tige d'acier qui crépitait mortellement. Son cerveau lui disait qu'il devait s'éloigner, mais n'arrivait pas à transmettre l'ordre à ses jambes.

Malko sentit son estomac se remplir de plomb. Même à cinquante mètres, l'attitude ce Chris Jones semblait bizarre : le corps tordu, le détecteur braqué sur le fourgon, il semblait transformé en statue de sel.

– *Herr Himmel* ! lança-t-il entre ses dents.

Il ouvrit la portière de la Mercedes et lança à Naef Jna :

– Rentre vite dans l'hôtel. Vite.

Puis, il hurla de toute la force de ses poumons :

– Chris, revenez !

Alors, seulement, marchant à reculons, le « gorille » commença à s'éloigner du fourgon blanc, revenant vers l'hôtel. Malko se tourna vers Milton Brabeck et lança d'une voix blanche :

– C'est probablement une voiture piégée. Il doit y

avoir quelqu'un pour déclencher l'explosion. Regardez autour de l'hôtel. Je préviens la police.

Milton Brabeck tourna la tête vers l'avenue et aperçut sur le trottoir d'en face un homme qui se précipitait vers l'entrée du parking de la Marina.

– *Holy shit* !

Le « gorille » fonçait déjà, sortant de son holster un « 357 Magnum » au canon de six pouces. Une arme de croiseur. Sans s'effrayer des voitures qui dévalaient l'avenue, il se rua vers l'homme qu'il avait vu disparaître dans le parking.

Malko se lança vers le pupitre du voiturier.

– Interdisez aux gens de sortir du parking. Prévenez-le FSI ! Ce fourgon blanc, là-bas, est piégé.

Chris Jones arrivait, blanc comme un mort.

– My God, balbutia-t-il, j'avais raison. Ce truc est bourré d'explosifs.

Il en avait perdu toute son assurance.

Malko le poussa à l'intérieur de l'hôtel. Les voituriers y faisaient rentrer les gens par les trois portes. Au moins quatre personnes différentes appelaient les secours. Naef Jna interpella Malko.

– Qu'est-ce qui se passe ?

– Je ne sais pas encore, dit Malko, peut-être une voiture piégée. Éloigne-toi des surfaces vitrées.

Courageusement, des voituriers s'étaient précipités sur la chaussée de « Professor Wafic Sinna » pour bloquer la circulation. Les véhicules commençaient à s'agglutiner sur l'avenue des deux côtés du Four Seasons.

**

Milton Brabeck arriva essoufflé dans le parking de la Marina. Plusieurs voitures faisaient déjà la queue pour payer à la sortie.

L'Américain remonta la file, son « 357 Magnum » à bout de bras, invisible pour les occupants des voitures. Des familles et des couples. C'est dans la dernière voiture de la file qu'il vit un homme seul au volant d'un break rouge. Leurs regards se croisèrent. Milton Brabeck était bien incapable de reconnaître l'homme qu'il avait vu s'enfuir de loin.

Pourtant, quelque chose dans son visage le troubla : il avait peur. La glace de son côté se baissa électriquement. Et soudain, l'Américain vit la forme noire d'une arme braquée sur lui !

Instinctivement, il se laissa tomber, comme on le lui avait appris à l'entrainement.

Deux détonations claquèrent, les projectiles rebondissant sur les murs de ciment. La barrière se levait et le véhicule rouge déboita et fonça dans la rampe, tandis que Milton Brabeck se relevait.

Dans quelques secondes, la voiture rouge serait dans « Professor Wafic Sinna ».

CHAPITRE XV

Au moment où Milton Brabeck se relevait, la voiture rouge abordait la rampe de sortie du parking. Dans une seconde ou deux, elle serait hors du champ de vision de l'Américain. Tenant son arme à deux mains, celui-ci visa l'arrière du véhicule et ouvrit le feu. Tout le barillet y passa. Lorsqu'il s'arrêta, le véhicule rouge venait de s'écraser contre un des murs de la rampe.

Milton Brabeck remit son « 357 Magnum » dans son holster, attrapa dans son anckle-holster GK un petit Colt deux pouces et fonça dans la rampe, au milieu des cris de terreur des autres automobilistes.

La voiture rouge n'avait pas pris feu. Le conducteur était effondré sur son volant, une bonne partie de son crâne répandu sur le plancher de la voiture. Un des projectiles de « 357 Magnum » était entré dans sa nuque, lui faisant éclater la boîte crânienne.

Le « gorille » entendit à l'extérieur mugir des sirènes de police et s'assit sur le rebord de pierre.

*
* *

La circulation était interdite dans les deux sens dans l'avenue Professor Wafic Sinna, de part et d'autre du Four Seasons. Des policiers avaient fait évacuer tous les véhicules en stationnement. Ne demeurait au bord des trottoirs que le fourgon blanc détecté par Chris Jones.

De l'autre côté des barrières de police, des dizaines de journalistes étaient massés, avec plusieurs télévisions et il en arrivait sans cesse d'autres. Il y avait longtemps qu'on n'avait pas trouvé de voiture piégée à Beyrouth et cela réveillait de très mauvais souvenirs.

Une équipe de démineurs, aidés d'un robot, étaient en train de désamorcer le fourgon blanc.

Malko, accompagné des deux « baby-sitters », s'était replié à l'extrémité du lounge du Four Seasons, sous la protection de plusieurs hommes du FSI. Une autre équipe finissait d'interroger Milton Brabeck. Le général Ashraf Rifi surgit enfin, entouré de plusieurs officiers et rejoignit Malko.

L'air soucieux.

– Cela aurait pu être un très grave attentat ! annonça-t-il. Voiture piégée positionnée vraisemblablement pour détruire un véhicule quittant l'hôtel. Évidemment, il est impossible de relier cette tentative à vous. Cependant, nous avons vérifié la liste des clients du Four Seasons sans trouver aucune « cible » possible.

– Et le fourgon ? interrogea Malko.

– Il a été volé il y a plusieurs semaines dans la Bekaa. Cela ne mènera nulle part. Il existe à Beyrouth des dizaines d'équipes capables de préparer ce genre d'attentat.

– L'explosif ?

– Du Semtex. Il y en a encore des tonnes un peu partout. Sans la vigilance d'un de vos gardes de sécurité, vous seriez parti de l'hôtel et votre véhicule aurait été détruit un peu plus loin. Il y avait près de cent kilos d'explosifs dans le fourgon blanc.

Malko ne répondit pas, il retrouvait le Beyrouth féroce qu'il avait déjà connu à plusieurs reprises. On frappait sans avertissement, avec un sang-froid et un cynisme absolus. Il pensa à Naef Jna qui s'était réfugiée dans sa chambre. Elle se souviendrait longtemps de la première fois où elle avait fait l'amour. Il l'avait « exfiltrée » avant l'arrivée des policiers et personne ne lui avait posé de question.

– Il nous reste l'homme qui a été abattu par votre garde de sécurité, enchaîna le général Rifi. Il était armé d'un pistolet automatique Taurus, intraçable.

– Un Libanais ?

– Non, un Syrien, établi depuis longtemps à Beyrouth. Il travaillait à Bordj Hammoud dans un supermarché. Pas de casier judiciaire. On va voir ce que donne l'enquête. On a trouvé dans sa poche un téléphone portable avec un numéro enclenché. On attend d'avoir désamorcé la charge explosive pour le tester, mais il y a gros à parier que c'est lui qui devait déclencher l'explosion.

Il fixa Malko :

– Vous avez une idée de qui a pu vouloir vous tuer ?

– Non, répondit Malko. Je pense que c'est lié à la Syrie. Ils m'avaient raté il y a quinze jours. Grâce à vos hommes.

Ashraf Rifi ne répondit pas. Peu convaincu. C'était un dispositif bien important pour une vengeance.

– Je ne peux que vous donner un conseil, dit-il. Quittez Beyrouth, je ne me sens pas capable d'assurer votre sécurité. Moi-même, je dois faire attention. Les événements de Syrie ont réveillé beaucoup de mauvais démons.

– Merci du conseil, dit Malko. Tenez-moi au courant du résultat de votre enquête.

Au moment où le général libanais se levait, Mitt Rawley apparut dans le lounge, escorté de plusieurs gardes du corps. Seule sa Cherokee blindée avait pu franchir les barrages. Il échangea quelques mots avec le patron des FSI et se tourna vers Malko.

– Vous n'avez pas déjeuné, je crois. Je vous emmène à l'ambassade. Nous avons à discuter. Laissez votre voiture ici.

Tarak Sahlab broyait du noir, dans son grand bureau de l'ambassade syrienne à Beyrouth. Que s'était-il passé ? Il s'était pourtant donné beaucoup de mal pour monter une opération qui ne pouvait pas rater.

Rien n'avait foiré, sauf un impondérable qu'il n'arrivait pas à définir. Quelqu'un avait dû repérer le fourgon piégé et donner l'alerte.

Heureusement Ali Dehza, l'homme qui devait déclencher les explosions, était mort. Il ne risquait pas de parler. L'enquête sur lui ne mènerait nulle part. Il en existait des centaines comme lui au Liban, prêts à donner un coup de mains aux moukhabarats syriens pour quelques billets et la garantie que leur famille demeurée en Syrie n'ait pas d'ennuis.

Le problème demeurait intact. L'agent de la CIA était toujours là et ses supérieurs ignoraient pourquoi. Ce qui s'était passé deux semaines plus tôt signifiait que les Américains préparaient un coup contre la Syrie. Il fallait trouver quoi, sinon Damas risquait de réagir. Avec sa férocité habituelle.

La surveillance de Malko Linge allait être encore plus délicate. Pas question que les moukhabarats syriens se mettent en avant. Une fois de plus, il fallait sous-traiter avec le Hezbollah. Qui risquait de traîner les pieds : ils ne voulaient pas insulter l'avenir, car *personne* ne pouvait garantir à cent pour cent la survie du régime de Bachar El Assad. Celui-ci explosé, le Hezbollah serait comme un poisson hors de l'eau et avait intérêt à ne pas se faire trop d'ennemis.

***

– Ils sont déchaînés ! laissa tomber Mitt Rawley.
Pour prendre le risque d'une voiture piégée, il faut
qu'ils tiennent absolument à vous éliminer.

Malko objecta :

– Vous ne pensez pas qu'ils ont voulu réparer leur
échec de la dernière fois ?

L'Américain secoua la tête.

– Les Syriens ne fonctionnent pas comme ça. Ils ne
prennent de risques que pour une raison précise, pas
pour se venger. Ils veulent vous éliminer parce que
vous les inquiétez. Espérons que vos deux « baby-
sitters » suffiront à vous protéger.

« Pas de nouvelle de Talal Abu Saniyeh ?

– Je n'en attends pas, dit Malko. Il doit être à Gaza.
Ensuite il repart en Syrie, via le Caire ou, peut-être,
Chypre. Tenter de le contacter serait risqué. S'il tient
parole, il doit éliminer Ali Douba dans les jours qui
viennent.

– *Cross our fingers* [1], dit simplement Mitt Rawley.

***

– On va en ville, annonça-t-il aux « gorilles ».

– C'est prudent ? s'inquiéta Milton Brabeck. Cette
tire n'est même pas blindée.

– Vous êtes mon blindage. On ne monte pas un
attentat à la voiture piégée comme cela, assura Malko.

1. Croisons les doigts.

À cause de la circulation, ils mirent presque une heure pour atteindre la rue Verdun.

– Prenez position dans le hall, demanda Malko, en entrant dans la galerie du Holiday Inn.

Naef Jna était seule dans la boutique, avec un vigile qui ouvrit aussitôt la porte. La jeune femme sembla soulagée de voir Malko et demanda à voix basse :

– C'était pour toi, la voiture piégée ? Toutes les radios et les télés ne parlent que de ça.

Elle semblait terrifiée. Malko décida de ne pas lui mentir.

– Je crois que c'était pour moi, avoua-t-il. Il faudrait mieux ne plus se voir pendant un moment. Ils peuvent recommencer…

– Qui, « ils » ?

– Je n'en sais rien, reconnut Malko, mais il y a des gens à Beyrouth qui veulent ma peau.

– Les Syriens ?

– Peut-être.

Elle le fixait avec une ferveur nouvelle.

– Cela ne fait rien ! dit-elle, je peux continuer à te voir. Ici, nous sommes habitués au danger.

Tout disait qu'elle était tombée amoureuse. Malko posa la main sur la sienne.

– D'accord, ce soir, nous dînerons ensemble.

Malko ne l'embrassa pas à cause du vigile, mais le regard qu'ils échangèrent valait tous les baisers. Chris Jones et Milton Brabeck toisèrent Malko sévèrement, lorsqu'il ressortit de la bijouterie.

Milton Brabeck secoua la tête, accablé.

– Prince, vous êtes incorrigible. Vous vous rendez compte que, sans Chris, vos morceaux devraient être dans un sac plastique.

– Je sais, reconnu Malko, mais il faut vivre. *Carpe Diem*. Justement, cela peut s'arrêter très vite.

Ils redescendirent vers le Four Seasons, en suivant la Corniche. Les deux Américains, sur leurs gardes, engoncés dans leurs gilets pare-balles GK. Guettant tous les véhicules qui les doublaient. Heureusement, il n'y avait pas beaucoup de motos à Beyrouth, engins privilégiés par les tueurs.

Lorsque Malko pénétra dans le lobby du Four Seasons, il aperçut immédiatement une silhouette connue dans un des fauteuils du lounge : le général Mourad Trabulsi, caché derrière ses lunettes noires enveloppantes.

Le Libanais s'avança avec son habituel sourire.

– Mon cher ami, dit-il, je voulais vous féliciter d'avoir échappé à cette mauvaise manière. Tout Beyrouth ne parle que de cela.

– Une de vos dix-sept oreilles n'a rien appris ? demanda Malko.

– Allons manger un gâteau, proposa le Libanais.

Ils gagnèrent le fond du lounge où on leur servit des pâtisseries. Une fille blonde en robe de lainage léger gris vint traîner autour d'eux. Sans rien de particulier sauf une croupe inouïe. Elle échangea un demi-sourire avec Mourad Trabulsi.

– Vous la connaissez ? demanda Malko.

Gloussement du général.

– C'est une pute marocaine qui vient chaque fois qu'il y a un congrès de gens du Golfe. Vous avez vu son cul ? Ils paient 5 000 dollars pour la sodomiser et ils s'en souviennent toute leur vie.

La fille était allée sagement s'asseoir, les yeux baissés et les jambes croisées, laissant un regard de salope filtrer à travers ses paupières mi-closes. Assise, elle avait beaucoup moins d'intérêt.

Mourad Trabulsi attaqua sa tarte aux fraises et se pencha vers Malko.

– Je suis venu vous transmettre un message. De la part du Hezbollah. Ils veulent que vous sachiez qu'ils ne sont pour rien dans ce qui s'est passé aujourd'hui.

– Pourquoi se démarquent-ils ?

Le général Libanais pouffa de nouveau.

– Ils sont très mal à l'aise... Toujours bien avec Damas, mais ils pensent à l'avenir. Donc, aux Américains... Alors, ils ne feront rien contre vous...

« Voilà, je vais vous laisser.

* * *

Talal Abu Saniyeh franchit la frontière séparant Gaza de l'Égypte. Un véhicule l'attendait pour le conduire à El Arish.

D'où il rejoindrait le Caire. Il était soulagé après avoir donné les 10 000 dollars à un cousin sûr qui les ferait parvenir à sa sœur et à son frère.

En même temps, en regardant le poste frontière s'éloigner, il se demanda s'il le reverrait. Après le Caire, il repartait pour Damas. Où il devait exécuter les ordres du Mossad. Éliminer Ali Douba. Il avait assez l'habitude de la vie clandestine pour savoir que ce genre d'attentat n'était jamais sans risque. Hélas, il était pris entre l'enclume et le marteau.

Il aurait le temps de rendre hommage à sa copine et, le lendemain matin, prendrait le vol pour Damas, peut-être le samedi soir.

Dimanche matin, il récupérerait l'engin explosif, caché dans l'église, agirait et s'esquiverait discrètement.

Tandis qu'il roulait dans le Sinaï, il maudit les Israéliens de toute son âme.

Il n'avait rien contre Ali Douba mais, s'il le laissait vivre, sa sœur mourrait.

CHAPITRE XVI

Le temps était comme suspendu.

Quatre jours s'étaient écoulés depuis l'attentat à la voiture piégée déjoué contre Malko. Bien entendu, l'enquête n'avait rien donné. Ni du côté de la voiture, ni de celui qui devait actionner l'explosion. Le genre d'enquête qui, à Beyrouth, s'enfonçait dans les sables mouvants de l'oubli.

Malko tournait en rond, entre le Four Seasons, l'ambassade américaine et quelques restaurants. Heureusement que Naef Jna était là… En ce moment, elle était allongée contre Malko, la tête dans le creux de son épaule, après avoir fait l'amour. Comme tous les soirs. Ce qui déprimait considérablement Chris Jones et Milton Brabeck.

La jeune femme semblait avoir fait un deal avec sa famille : une nuit sur deux, elle la passait avec Malko, partant ensuite directement du Four Seasons à la bijouterie.

Son portable sonna.

– Il y a eu des combats à Alep, annonça Mitt Rawley. Assez violents. De l'artillerie et des blindés.

– Qu'est-ce que cela veut dire ?

– Qu'on a intérêt à réussir ! fit sobrement l'Américain. La situation est loin d'être stabilisée. Bachar n'a pas à craindre d'être assiégé dans son palais par les rebelles, mais ils peuvent lui pourrir la vie. Jusqu'à déstabiliser totalement le pays.

– C'est tout ?

– Non, Bachar s'essuie tous les jours les pieds sur le vieux Kofi Annan qu'on a chargé d'une mission impossible. Bachar n'arrêtera le combat qu'une fois le dernier de ses ennemis mort.

« Il a menacé la Turquie d'armer les Kurdes du PKK si les Turcs ne cessaient pas de l'attaquer.

– Et les Schlomos ? demanda Malko.

– On dirait qu'ils sont partis sur une autre planète. Ce sont des joueurs de poker, froids comme des serpents.

– Il n'y a rien à faire de plus pour le moment, conclut Malko. Je ne suis même pas sûr que Talal Abu Saniyeh me rappelle. S'il réussit ce qu'on lui a demandé, cela va se savoir.

Ali Douba, qui bavardait d'habitude avec son chauffeur lorsque ce dernier le ramenait jusqu'à son village, n'avait pas desserré les lèvres depuis son départ de la Présidence.

Il était presque parti en claquant la porte !

Ce qui était hautement inhabituel.

Bachar El Assad l'avait convoqué comme tous les jours pour lui demander son avis sur la situation, et Ali Douba avait eu l'outrecuidance de suggérer de mieux traiter Kofi Annan, en lui jetant quelques miettes et en interrompant provisoirement la répression.

Le regard du président syrien avait étincelé de fureur et il avait tapé du point sur la table, ce qui ne lui arrivait jamais, éructant :

– Toi aussi, tu es prêt à me trahir ! Jamais tu n'aurais osé parler de cette façon à mon père. Si j'arrête de tuer ces chiens, ils vont se sentir encore plus forts ! Ils vont venir jusqu'ici, à Damas, me défier.

« Je dois les liquider jusqu'au dernier, avant de parler avec ce chien de nègre de l'ONU.

Ali Douba avait encaissé, remarquant simplement :

– J'ai servi ton père avec une fidélité totale pendant plus de vingt ans. Je suis revenu ici parce que j'ai senti que la situation était difficile. Il faut m'écouter, calmer l'opinion internationale, gagner du temps. Ensuite tu finiras le ménage.

Un peu calmé, Bachar El Assad avait simplement laissé tomber :

– Je ne crains rien, les Russes et les Iraniens ne m'abandonneront pas. Et si les Turcs veulent me trahir, je mettrai un tel bordel chez eux qu'ils le regretteront vite.

Ali Douba n'avait pas envie de discuter. Il s'était levé et avait dit simplement :

– Tu es le Président. Fais ce que tu crois bon.

Il avait ensuite quitté le bureau et Bachar El Assad ne l'avait pas rappelé.

Ali Douba n'avait jamais apprécié le fils de Hafez El Assad, mais leurs rapports avaient été corrects, jusque là. C'était leur premier accrochage.

Finalement, il avait fait appeler son chauffeur, et avait quitté la présidence par l'unique route descendant la colline Ash Shahil où se dressait le « nid d'aigle » de Bachar El Assad.

Parvenu à sa résidence, il était allé d'abord dans son bureau, puis avait gagné son *diwan*, dans une autre partie de la propriété. Il s'était fait servir un thé très sucré, avait enfilé une djellaba et s'était installé sur des coussins. Pour se changer les idées, il avait mis Al Jezirah. Très vite fasciné par la beauté spectaculaire de la présentatrice. Il n'écoutait pas ce qu'elle disait, hypnotisé par son visage parfait. À croire que la chaîne qatari choisissait ses présentatrices uniquement pour leur beauté.

Ali Douba ne s'en lassait pas.

Cette femme l'avait ému. Il décrocha son téléphone intérieur et appela son majordome, lui ordonnant :

– Dis à Rasna de venir.

C'était une petite Jordanienne, engagée comme bonne, dont le physique piquant avait séduit Ali Douba. À soixante-seize ans, il n'avait plus une vie sexuelle très active, se refusant à céder aux charmes du Viagra, mais il aimait bien encore la chair fraîche.

Rasna était apparue quelques instants plus tard, pieds nus, les cheveux cachés sous un foulard, moulée dans une sorte de justaucorps ajusté pleine de boutons. Elle s'était inclinée profondément devant Ali Douba, restant debout au milieu de la pièce.

Elle avait peur de lui. Le général syrien l'avait appelée d'un geste.

La petite jordanienne avait obéi, s'installant en tailleur à côte de son maître. Ce dernier, sans cesser de regarder l'écran, avait défait habilement tous les boutons de sa tunique, libérant la poitrine. Des seins petits et fermes. En caressant cette poitrine, tout en mangeant des yeux la présentatrice d'Al Jezirah, Ali Douba avait senti sa nervosité s'évanouir.

Rasna, le buste très droit, se laissait faire. Les doigts d'Ali Douba couraient sur sa poitrine, comme un sculpteur explore son œuvre.

Un des trois téléphones posés sur la console se mit à sonner. Ali Douba identifia aussitôt la sonnerie. Très peu de gens possédaient ce numéro et il se devait de répondre, même s'il n'y avait pas de numéro affiché.

Immédiatement, il avait reconnu la voix de Bachar El Assad. Posée et calme.

– Tu es seul, Ali ? demanda-t-il.

– Je vais l'être, avait répondu Ali Douba.

Il avait ôté sa main de la jeune Jordanienne et lui avait lancé à mi-voix :

– *Rouh* ! [1]

Immédiatement, elle avait sauté du divan et s'était enfuie, sans même reboutonner sa tunique. Ali Douba avait repris son portable.

1. Va t'en !

– Je suis seul maintenant.

– Je sais à quel point mon père t'appréciait, avait dit le président syrien et, à mes yeux aussi, tu es précieux. Je me suis emporté, j'ai eu tort.

– *Ya'ni* [1]. Je ne t'en veux pas, avait affirmé Ali Douba. En ce moment, tu es soumis à une très forte pression.

Étonné que Bachar El Assad prenne le temps de l'appeler.

Ce dernier enchaîna :

– Repose-toi bien. Nous verrons tout cela dimanche. Peut-être que tu as raison après tout.

Après avoir raccroché, Ali Douba était demeuré un long moment affalé sur ses coussins, à réfléchir, en faisant glisser entre ses doigts les perles d'ambre de son *mashaba*. C'était la première fois depuis son accès à la présidence que Bachar El Assad lui téléphonait.

La première fois, aussi, qu'il s'excusait.

Bien sûr, Ali Douba était de très loin son aîné, mais ce n'était pas un élément que Bachar El Assad pouvait prendre en compte. À ses yeux le Président de la Syrie régnait sans partage sur les jeunes et les vieux.

Les perles d'ambre du *mashaba* glissaient silencieusement entre ses doigts et une hypothèse se faisait jour dans la tête d'Ali Douba. Ce coup de téléphone était un message indirect. Une sorte de mise à l'écart officieuse, qu'il fallait déchiffrer. Si, au lieu de se rendre à la Présidence, Ali Douba restait chez lui, envoyant

_____
1. Bon.

un message au Rais lui signifiant, que, fatigué, il se retirait des affaires, tout serait en ordre.

S'il adoptait une autre attitude, il risquait sa vie.

Quel dommage que Mohammed Makhlouf soit mort ! Le coordinateur des moukhabarats était proche de lui et il aurait pu lui demander conseil. Il n'en était pas de même avec son successeur.

Ali Douba avait cueilli quelques grains de raisin et les avait mâchés lentement. Il venait de prendre sa décision : il était trop vieux pour céder au chantage. Il n'avait plus envie de se comporter servilement. Pas à soixante-dix-sept ans. Il irait à Damas, dimanche matin, comme si de rien n'était.

Quelles que soient les conséquences de ce défi.

Manaf Abu Wahel n'avait pas été étonné d'être convoqué ce vendredi par Bachar El Assad, non au Palais de la colline Ash Shahab , mais dans la maison familiale où demeurait sa mère et où il passait les week-ends avec son épouse. Une demeure en pierres de taille, entourée d'un jardin aux pelouses truffées de mines antipersonnel, gardée par les éléments les plus sûrs de la Garde présidentielle. Il s'y sentait plus en sécurité qu'au Palais. Un petit hélicoptère Robinson de quatre places était garé derrière la maison, permettant de gagner le terrain de Anneitra où s'en trouvaient de plus gros. Une ligne cryptée et protégée le reliait à son frère Maher, qui pouvait venir à son secours en quelques minutes.

Un officier au visage neutre introduit Manaf Abu Wahel dans un petit salon qui sentait la pistache et l'encens. Sans lui poser la moindre question. Il ignorait que le visiteur était désormais un des hommes les plus puissants de la Syrie, mais il avait un ordre écrit du Rais de le laisser entrer dans le Saints des Saints.

Manaf Abu Wahel n'attendit pas longtemps. Bachar El Assad surgit, toujours un peu voûté, sans cravate, dans un costume bien coupé bleu à légères rayures. De son séjour à Londres, il avait gardé le goût des bons tailleurs.

La maison était absolument silencieuse.

Comme si elle était inhabitée.

Une servante apporta du thé et Manaf Abu Wahel attendit patiemment que le Rais se dévoile.

– Tu n'as pas de problèmes particuliers ? demanda gentiment Bachar El Assad.

Manaf Abu Wahel avait été longtemps son secrétaire particulier et il le savait totalement fidèle au régime. Un peu comme les hauts dirigeants SS l'étaient à Adolf Hitler. On pouvait lui demander n'importe quoi.

Bachar El Assad le laissa tremper les lèvres dans son thé et annonça :

– Je viens de prendre une décision difficile, mais nécessaire. Nous devons nous serrer les coudes.

Son visiteur l'écouta détailler cette décision, sans rien montrer de ses sentiments. C'était son métier.

Lorsqu'il pensa que le Rais avait terminé, il hocha la tête, et dit, sans aucun commentaire :

— Les choses se passeront comme tu le souhaites.

Le Rais ne remercia même pas : c'était le fonctionnement normal de l'État, depuis quarante ans. Sinon, depuis longtemps, la dynastie El Assad serait passée aux poubelles de l'Histoire. Depuis le premier coup d'État du 8 mars 1963 qui avait amené au pouvoir le parti Ba'as, qui signifiait « liberté », les choses se passaient ainsi.

Bachar El Assad se leva, après lui avoir demandé des nouvelles de sa famille et le raccompagna jusqu'à la porte donnant sur le jardin.

— Que Dieu soit avec toi ! dit-il en le quittant.

En remontant dans sa Mercedes blindée, Manaf Abu Wahel se dit qu'il n'avait pas beaucoup de temps pour organiser l'exécution d'Ali Douba.

CHAPITRE XVII

Talal Abu Saniyeh s'était levé, l'estomac tordu par l'angoisse. Il avait tout calculé à la seconde près. Après avoir pris sa douche, il était passé voir le responsable du camp pour l'avertir.

– Je vais à Damas, je serai là au début de l'après-midi.

L'autre ne fut pas surpris. Le Palestinien revenant de Gaza avait sûrement des éléments à communiquer à Ali Mamlouk, le chef de la Sécurité d'État, qui gérait les rapports avec les groupes non syriens établis en Syrie, et particulièrement le Hamas. Depuis le départ de Khaled Meshall pour le Qatar, les rapports s'étaient encore refroidis, mais les Syriens ne voulaient rien entreprendre qui puisse faire fuir le Hamas.

Talal Abu Saniyeh enfourcha sa moto et sortit du camp, direction Damas. Il était obligé de traverser la ville pour gagner la route n°5 où se trouvait le village d'Ali Douba.

À plusieurs reprises, il fut stoppé par des check-points de l'armée syrienne, tenus par des soldats visiblement nerveux. Il se bénit de n'avoir rien sur lui de compromettant. Ils lui expliquèrent qu'ils étaient à la recherche de déserteurs ayant rejoint l'armée syrienne libre, qui avaient échangé des coups de feu, durant la nuit, avec une patrouille de l'armée régulière, dans le quartier de Mezzah.

Même Damas n'était plus sûre.

Il lui fallut à peine vingt minutes pour gagner le village d'As Sanamayn et stopper devant la petite église où il avait dissimulé sa machine infernale.

Dieu merci, la porte du lieu de culte était ouverte. Il se gara au pied des marches et pénétra dans la nef.

Pas un chat en vue : les Chrétiens ne venaient que pour les offices. Seule une vieille femme priait, abîmée sur un prie-Dieu. Talal Abu Saniyeh gagna le confessionnal, et regarda autour de lui. Le calme absolu.

Son cœur battait à 200 pulsations-minute lorsqu'il glissa la main entre le confessionnal et le mur pour récupérer son paquet.

Lorsque ses doigts se refermèrent dessus, il éprouva plusieurs sentiments contradictoires. D'abord, le soulagement de savoir qu'on ne le lui avait pas volé, et puis une sorte d'angoisse car, désormais, il était obligé d'aller jusqu'au bout... Il glissa le paquet sous son blouson et ressortit de l'église où il se sentait mal à l'aise.

Sa moto n'avait pas bougé et il la réenfourcha pour gagner le centre du village. La boulangerie était ouverte. Il continua jusqu'à la propriété d'Ali Douba, dont la grille était fermée, puis revint sur ses pas pour s'arrêter une trentaine de mètres derrière la place. Il revint ensuite à pied jusqu'à la boulangerie et y pénétra.

Achetant des galettes au miel à une vendeuse « bâchée » qui lui jeta un regard intéressé, Talal Abu Saniyeh, avec son visage émacié, sa barbe bien coupée et son regard profond, avait beaucoup de charme.

Il ressortit et regagna sa moto à pied. Puis, debout, appuyé à la selle, il commença à manger lentement ses galettes. S'il avait bien calculé, la Chrisler d'Ali Douba devrait apparaître dans deux ou trois minutes. Le chauffeur irait jusqu'à la boulangerie, se garerait un peu plus loin sur l'arrêt de bus et irait acheter les *manakish*[1] que son patron dévorerait, durant le trajet jusqu'à Damas. Une habitude à laquelle il ne dérogeait jamais, selon les Israéliens.

Talal Abu Saniyeh, appuyé à sa moto, ressemblait à n'importe quel jeune homme se restaurant avant d'aller travailler.

Il avait presque terminé ses galettes lorsqu'il vit apparaître la Chrysler bleue. Le véhicule fit le tour de la place et alla se garer un peu après la boulangerie.

Talal Abu Saniyeh était déjà en selle. Il attendit de voir le chauffeur sortir de la voiture et se diriger sans se presser vers la boulangerie.

Alors, seulement, il démarra. Cent mètres plus loin, il stoppait juste derrière la Chrysler. Il descendit de la machine, et s'accroupit comme s'il inspectait sa moto.

1. Sorte de petite pizza, au thym, avec des olives.

En même temps, sa main émergea du blouson, tenant la charge explosive. Il allongea le bras et d'un geste rapide colla le pain de Semtex sous le réservoir d'essence.

Il y eut un claquement sec : l'aimant s'était fixé sur la paroi d'acier du réservoir. Talal Abu Saniyeh tâtonna quelques secondes et trouva du bout des doigts le petit déclencheur en forme de commutateur. Il le rabattit, laissant démarrer la minuterie : quinze minutes.

Ensuite, il se redressa, regarda autour de lui, remit sa moto en route et reprit la route, noué comme une vieille vigne, en direction de Damas.

Inch Allah, il avait gagné quelques années de vie pour sa sœur.

* * *

Kamal Eddine surveillait à la jumelle la petite place, posté à la sortie du village, dissimulé dans un fourgon sans âge et sans couleur. Il avait vu la Chrysler arriver et le chauffeur en descendre pour entrer dans la boulangerie. Jusque-là, c'était la procédure normale. Pas comme ce jeune motard qui venait de s'arrêter derrière la voiture et semblait trifouiller quelque chose sur sa moto. Si Kamal Eddine avait été un citoyen ordinaire, il n'y aurait pas prêté attention, seulement il était depuis plusieurs années le chef d'une petite unité de tueurs aux ordres du moukhabarat d'Ali Mamlouk. Il ne comptait même plus les exécutions discrètes ou moins discrètes qu'il avait menées pour son chef.

Parfois, il ne connaissait même pas l'identité des gens qu'il exécutait. Ce n'était pas son boulot. À près de cinquante-cinq ans, le cheveu gris et ras, les traits burinés, portant d'habitude un vieux blouson de cuir et un jean, il avait l'air d'un chef de chantier. Ses baskets lui permettaient de se déplacer silencieusement et il avait peu de vices. Une chicha et une pute de temps en temps. Grâce à sa position il avait pu obtenir des bourses pour ses deux fils qui se trouvaient à l'académie militaire.

C'était sa plus grande fierté.

Le motard venait de se relever et enfourchait sa moto.

Quelques secondes avant que le chauffeur d'Ali Douba ne ressorte de la boulangerie, un paquet à la main et ne remonte dans la Chrysler.

Kamal Eddine empoigna sa radio :

– Soyez prêts, lança-t-il.

Dans cinq minutes environ, Ali Douba ressortirait de sa propriété et prendrait la route de Damas. Vu le peu de temps dont il disposait pour organiser son attentat, Kamal Eddine n'avait pu organiser qu'une action peu sophistiquée, mais efficace. Une vieille Mercedes grise attendait, un peu plus bas, sur la route de Damas, avec quatre de ses hommes.

Ils laisseraient passer la Chrysler, la suivraient, la rattraperaient et ensuite la rafaleraient avec deux Kalachs. Si cela ne suffisait pas, ils disposaient d'un RPG 7, mais la Chrysler n'était pas blindée.

L'attentat sera attribué à l'insurrection qui avait déjà mis des voitures piégées et tiré sur des officiels. Le meurtre d'Ali Douba, un homme âgé, dont le monde avait oublié les crimes, renforcerait le sentiment pro-Bachar.

Une opération à double détente.

Le motard arrivait à la hauteur du « sous-marin ». Kamal Eddine aperçut rapidement le profil du conducteur, un jeune homme barbu aux traits émaciés. Rien de particulier. Mécaniquement, il releva quand même le numéro de la moto, avant de reprendre sa veille.

Ali Douba était en retard.

Les minutes s'écoulaient et Kamal Eddine commençait à paniquer. Il avait horreur de regagner sa Centrale sans avoir rempli sa mission.

Enfin, le lourd museau de la Chrysler bleue apparut à l'entrée de la place. Lorsqu'elle passa devant le « sous-marin » de Kamal Eddine, ce dernier put apercevoir à l'arrière un homme en train de manger.

Ali Douba ne dérogeait pas à ses habitudes.

Empoignant sa radio, Kamal Eddine lança :

– Il vient de passer. Il sera sur vous dans trois minutes.

Il descendit ensuite et regagna la cabine du fourgon, lançant au chauffeur :

– *Yallah* !

Il arriverait juste à temps pour vérifier la mort de sa cible. Ensuite, il n'avait plus qu'à rédiger son rapport.

***

Talal Abu Saniyeh avait l'impression que sa poitrine, remplie d'oxygène, allait le faire s'envoler. Il avait réussi sa mission! Maintenant, les Israéliens le laisseraient en paix pour quelque temps. Dans deux jours, il quittait Damas pour l'Égypte et Gaza.

Il était si heureux qu'il avait envie de faire des zigzags sur la route.

Soudain, il perçut derrière lui le bruit d'une explosion sourde. La route tournait trop pour qu'il puisse voir quoi que ce soit, mais il devina que c'était son engin explosif qui venait de se déclencher : le timing correspondait.

Machinalement, il accéléra.

***

Le chauffeur de la vieille Mercedes grise étouffa un juron : un camion s'était interposé entre eux et la Chrysler d'Ali Douba, les empêchant de rejoindre leur cible. Dieu merci, il restait encore vingt bonnes minutes de route avant Damas.

Enfin, il y eut une ligne droite et il put doubler. La Mercedes disparaissait déjà dans le virage suivant. Il accéléra et jeta aux deux hommes assis à droite de la voiture :

– Vous êtes prêts ?

– *Aiwa* ! firent-ils en chœur.

Chacun avait une Kalach sur les genoux. Un RPG était posé sur le plancher.

Le chauffeur accéléra, franchit le virage et retrouva la Chrysler, à environ deux cents mètres devant lui. Il accéléra et ses deux hommes baissèrent leurs glaces. Ali Douba n'ayant pas d'escorte en dehors de son chauffeur, l'opération ne comportait aucun risque.

La Chrysler se rapprochait. Les deux tueurs armèrent leur Kalachs. La route était déserte, c'était parfait.

Soudain, le chauffeur vit se soulever l'arrière de la grosse voiture bleue, comme si la route s'était déformée sur son passage !

Presque aussitôt, une gerbe de flammes jaillit de sous la Chrysler, qui se développa à une rapidité fulgurante et l'engloutit dans un nuage rouge et noir.

En même temps, le bruit de la déflagration arriva jusqu'à la Mercedes des moukhabarats et l'onde de choc fit trembler la voiture.

Devant, la Chrysler venait de basculer dans le bas-côté. Ce n'était plus qu'une gerbe de flammes avec une épaisse fumée noire qui montait vers le ciel.

Personne n'était sorti de la voiture.

La Mercedes stoppa à une dizaine de mètres derrière le véhicule en train de brûler. Un des hommes essaya de s'approcher, mais la chaleur était trop forte. Médusés, les quatre moukhabarats regardaient brûler le véhicule, ne comprenant pas ce qui s'était passé. On n'avait quand même pas donné les mêmes instructions à une autre équipe !

Quatre minutes plus tard, le fourgon de Kamal Eddine stoppa derrière eux. Le moukhabarat sauta à terre et apostropha ses hommes.

– Qu'est-ce que c'est que cette merde ?

Quand on lui eut expliqué ce qui s'était passé, Kamal Eddine pensa immédiatement au motard. Heureusement qu'il avait relevé son numéro.

– Personne n'est sorti de la voiture ? demanda-t-il.

– Personne.

– *Ya'ni*. Interrompez la circulation, que personne n'approche de la voiture. Si on vous questionne, dites qu'il s'agit d'une attaque d'Al Qaida.

« Moi, je retourne à Damas.

Il retourna dans son fourgon, perplexe et, immédiatement, appela la Sécurité d'État, demandant que l'on retrouve le propriétaire de la moto. Qui avait bien pu monter un attentat contre Ali Douba, en dehors de lui ?

La voix de Mitt Rawley tremblait d'excitation au téléphone.

– La Station de Damas m'annonce qu'Ali Douba a été assassiné ce matin par Al Qaida !

– Bonne nouvelle ! laissa tomber Malko.

L'Américain ne tenait plus en place.

– Venez à l'ambassade ! Il faut enclencher la suite.

Malko se dit qu'ils avaient franchi un nouvel obstacle. Il avait hâte de parler à Talal Abu Saniyeh.

Dès que le Palestinien serait de retour au Caire, il lui laisserait un message sur la boîte vocale de Chypre.

Maintenant, ils allaient pouvoir attaquer la dernière ligne droite.

CHAPITRE XVIII

– Il y a deux types qui te demandent, annonça le chef du camp du Hamas à Talal Abu Saniyeh, qui finissait de boucler ses bagages pour Le Caire.

– Tu ne veux pas les recevoir ? demanda le Palestinien, j'ai encore des trucs à faire et je pars dans une heure.

– C'est des *moukhabarats*, précisa le chef de camp. C'est toi qu'ils veulent voir. Au sujet de ta moto.

– De ma moto ?

– Oui, ils sont venus ici parce qu'elle est déclarée au nom du Parti. Ils voulaient savoir qui s'en servait ces jours-ci. Je leur ai dit que c'était toi. Tu as écrasé quelqu'un ou quoi ?

– Personne, affirma Talal Abu Saniyeh d'une voix blanche.

Il n'arrivait plus à coordonner ses gestes. Une seconde, il pensa à prendre son pistolet et à abattre les deux *moukhabarats*. Hélas, cela ne l'avancerait à rien. En plus, il ne pourrait évidemment pas prendre l'avion pour Le Caire.

Il restait le Liban, mais c'était hautement hasardeux.

– Bon, tu viens ? demanda son copain.

Talal Abu Saniyeh se décida, et gagna le bureau. Les deux hommes mal rasés qui l'accueillirent ne souriaient pas. L'un d'eux lança :

– Le patron veut te voir.

– Quel patron ?

– Celui que tu vois régulièrement. *Yallah*, on y va.

Ils ne semblaient pas disposés à discuter. À travers le blouson ouvert d'un des deux, on pouvait voir la crosse d'un pistolet. Talal Abu Saniyeh essaya de discuter.

– J'ai un avion à prendre pour Le Caire. C'est important.

Cela ne troubla pas les deux *moukhabarats*.

– Prends tes affaires, on t'emmènera après à l'aéroport. Dépêche-toi, le patron n'aime pas attendre.

Le Palestinien retourna chercher son sac de voyage et gagna une vieille jeep rouillée, s'asseyant à l'arrière. Jusque-là, cela n'était pas trop mauvais. Il essaya de se convaincre qu'il n'avait laissé aucune trace derrière lui.

* *

– Tamir Pardo était au courant de l'attentat contre Ali Douba, annonça Mitt Rawley. Il possède plus de détails que nous. On a posé un engin explosif sous la voiture qui a explosé durant le trajet de son village à

Damas. Lui et son chauffeur ont été tués sur le coup. La Présidence a annoncé qu'il allait avoir des funérailles nationales.

« La presse syrienne attribue l'attentat à Al Qaida.

– Parfait ! jubila Malko. J'ai hâte d'avoir des nouvelles de Talal Abu Saniyeh. D'après ce qu'il m'a dit, il devait rentrer aujourd'hui au Caire. Il va sûrement appeler la boîte vocale de Chypre.

« Il faut penser à la suite.

– Tamir a promis de tenir très vite une réunion à Limassol, précisa le chef de Station. Sans lui, on ne peut rien faire. C'est le Mossad qui manipule le général Abdallah Al Qadam. Pas nous.

« De toute façon, sa nomination, au Comité militaire du Baas ne va pas se faire dans la foulée. Nous avons le temps. Vous pouvez encore prendre quelques jours de vacances avec votre nouvelle « fiancée ».

Les « gorilles » avaient bavé. Malko ne releva pas. Bien qu'il ne voit pas très bien son futur rôle. Ce n'était pas lui qui allait manipuler le général syrien.

Effectivement, il n'avait plus qu'à s'occuper de Naef Jna, plus amoureuse que jamais.

C'était quand même un beau coup : avoir liquidé Ali Douba sous le nez du moukhabarat syrien et faire porter le chapeau à Al Qaida…

Talal Abu Saniyeh avait mérité ses dix mille dollars.

*
* *

Talal Abu Saniyeh se trouvait dans le bureau d'Ali Mamlouk depuis cinq minutes quand un homme, inconnu de lui, le rejoignit et se présenta :

– Kamal Eddine. Je travaille avec le chef. C'est moi qui voulais te rencontrer.

Le Palestinien regarda son visage buriné, ses cheveux gris, et son regard perçant, se disant qu'il allait avoir du mal à l'enfumer. Il essaya de rester calme.

– Je suis à ta disposition, dit-il, mais je n'ai pas beaucoup de temps. Je dois prendre un vol pour l'Égypte. Il n'y en a qu'un par jour.

Kamal Eddine ne releva pas, demandant simplement :

– Qu'est-ce que tu faisais ce matin dans le village de As Sanamayn ?

Talal Abu Saniyeh ne songea même pas à nier.

– Je me promenais, dit-il. J'aime bien ce coin.

– Pourquoi t'es-tu arrêté à côté de la voiture d'Ali Douba ? demanda Kamal Eddine d'une voix égale.

Le Palestinien ne se démonta pas.

– Je me suis arrêté près d'une voiture mais j'ignorais que c'était celle d'Ali Douba. Ma moto avait un problème de carburateur.

– Tu sais ce qui est arrivé ensuite ? demanda Kamal Eddine de la même voix tranquille.

– Non.

– Cette voiture a explosé sur la route. Quelqu'un

avait placé une charge explosive dessous. Ali Douba et son chauffeur ont été tués.

Le Palestinien sentit le sang se retirer de son visage. Il allait avoir besoin de beaucoup de volonté.

– Pourquoi me poses-tu cette question ? demanda-t-il. Je ne connaissais pas Ali Douba et je ne me mêle pas de la politique intérieure du pays. Comme tu le sais, le Hamas est un ami fidèle de la Syrie.

– Mais son chef Khaled Meshall est parti vivre à Doha, remarqua, placide, le tueur du moukhabarat. Chez nos ennemis.

– Moi, je suis toujours ici, protesta Talal Abu Saniyeh.

Kamal Eddine laissa échapper une sorte de soupir.

– Donc, tu ne sais rien de cette affaire ?

– Non, *wahiet Allah*.

– Laisse Allah tranquille, fit Kamal Eddine qui n'était pas particulièrement religieux. Je crois que tu mens. C'est toi qui as posé cette charge explosive.

– C'est idiot, protesta Talal Abu Saniyeh d'une voix mal assurée. Pourquoi commettrais-je un geste pareil ?

– Ça, c'est toi qui va nous l'expliquer.

Il se leva, gagna le bureau et dit quelques mots dans l'interphone. Une minute plus tard, deux hommes entrèrent dans le bureau. L'un d'eux prit au Palestinien son pistolet et le fouilla soigneusement. Lorsqu'il eut terminé, Kamal Eddine leur jeta :

– Emmenez-le à l'Unité 215. Je viendrai vous voir plus tard.

Talal Abu Saniyeh sentit ses jambes se dérober sous lui : l'Unité 215, c'était celle des interrogatoires poussés. On n'en sortait jamais indemne. Quand on en sortait.

*
* *

– On dîne au Club, ce soir ? proposa Mourad Trabulsi d'un ton enjoué.

– C'est que je ne suis pas seul, précisa Malko.

Il avait promis à Naef Jna de l'emmener au *Mande-loun at Sea*.

Le général libanais ne se troubla pas.

– Ce n'est pas grave. J'ai seulement besoin de vous dire quelques mots. De toute façon, vos « baby-sitters » seront là. On va leur montrer un bel endroit. À neuf heures, à Kaslik ?

– D'accord, accepta Malko.

Après avoir raccroché, il appela la boîte vocale de Limassol. Aucun message de Talal Abu Saniyeh. Il se dit qu'il avait peut-être raté son avion ou qu'il avait eu autre chose à faire.

Chris Jones et Milton Brabeck semblaient se faire à l'Orient. Il faut dire que leur séjour était déjà amorti. Sans Chris Jones, les restes de Malko seraient déjà enterrés à Arlington.

On sonna à la porte de sa chambre. Sachant qu'un des deux « gorilles »veillait *toujours* à côté des ascenseurs, il alla ouvrir. Naef Jna se tenait dans l'embrasure, pimpante dans une robe d'été imprimée.

Spontanément, elle se jeta dans ses bras et il sentit son pubis se coller à lui.

– Je me suis faite belle pour toi ! dit-elle. J'ai même emprunté des bijoux à la boutique.

En effet, elle portait de magnifiques boucles d'oreilles, une grosse bague avec un saphir et un lourd bracelet en or.

– Tu es magnifique ! assura Malko. Mais nous n'allons pas dîner seuls. Je vais te faire découvrir un nouvel endroit, le Club des Officiers de Kaskik. Au bord de la mer.

La jeune femme se rembrunit.

– On va me prendre pour une putain, avec tous ces bijoux, on va croire que tu me les as offert…

Déjà, elle les retirait. Malko n'arriva pas à la faire changer d'avis.

– Avec qui dîne-t-on ? demanda la jeune femme.

– Un vieil ami, le général Mourad Trabulsi. Il m'a rendu beaucoup de services. En plus, il adore les jolies femmes.

– Moi, je ne m'intéresse pas aux hommes, se défendit la Libanaise. Sauf à toi…

*
* *

Le Club de Kaskik, en bordure de mer, avant Jounieh, était plutôt sinistre avec ses immenses salons vides. Un peu le château de Marienbad. Mourad Trabulsi les attendait à une table isolée en bordure de la piscine. Il ôta ses lunettes noires pour examiner Naef Jna et lui jeter un regard admiratif.

– Mon cher ami, vous avez toujours un goût exquis ! lança-t-il à Malko.

Discrets, les deux « baby-sitters » s'installèrent à la table voisine et commandèrent des Pepsi.

– On va choisir les poissons, dit Mourad Trabulsi. Venez, je vous emmène.

Malko le suivit jusqu'à l'entrée. Tandis qu'ils étaient penchés sur le lit de glace, le général libanais dit à voix basse à Malko :

– J'ai eu des nouvelles de Damas. Source Hezbollah.

– À propos d'Ali Douba ?

– Oui. La Sécurité de l'État a arrêté un jeune Palestinien du Hamas et le soupçonne d'avoir liquidé Ali Douba. Ils sont en train de l'interroger.

Malko sentit son estomac se réfugier dans ses talons. Il n'avait plus du tout faim.

– Pourquoi un Palestinien du Hamas ? demanda-t-il.

Mourad Trabulsi éclata de son rire nerveux.

– Je n'en sais rien et eux non plus ! Mais personne n'a cette information. Je pensais que cela pourrait vous intéresser.

– Bien sûr, reconnut Malko.

Il n'attendrait plus le coup de fil de Talal Abu Saniyeh.

Évidemment, Mourad Trabulsi ignorait la manip avec les Israéliens…

– Le Hezbollah vous a dit cela pour que vous le répétiez ? demanda-t-il.

Nouveau rire.

– Le Hezbollah me l'a dit à *moi*. Je fais ce que je veux de cette information. Ce sont des gens prudents…

Ils retournèrent à la table, Malko plongé dans ses pensées. Il n'était pas concerné directement. Aux yeux de Talal Abu Saniyeh, il appartenait au Mossad, pas à la CIA. Mais comment les Syriens avaient-ils déjoué les plans du Palestinien ? Il se rassura en se disant qu'Ali Douba était mort : c'était le principal, mais il ne pouvait encore mesurer les conséquences de cet incident. Heureusement, Talal Abu Saniyeh ne savait pas pourquoi les Israéliens lui avaient donné l'ordre de liquider Ali Douba.

* *

Talal Abu Saniyeh, les yeux bandés, était attaché par des sangles de cuir à un fauteuil de dentiste. L'une d'elles lui serrait la gorge, lui interdisant de bouger la tête, sous peine de s'étrangler. Ses poignets étaient menottés aux montants métalliques du fauteuil.

Jusque-là, personne ne l'avait brutalisé ou frappé. Pourtant, il avait envie de hurler de terreur. Depuis le temps qu'il vivait en Syrie, il connaissait la férocité froide et méthodique des *moukhabarats*. Personne ne résistait à leurs tortures.

On lui ôta son bandeau et il se trouva en face d'un homme au regard froid, en blouse blanche.

– Je m'appelle Mehdi, dit l'inconnu. Mes chefs m'ont donné l'ordre de te faire dire tout ce que tu sais. J'ai une liste de questions auxquelles tu dois répondre. On va commencer par la première : as-tu posé un engin explosif sur la voiture d'Ali Douba ?

Talal Abu Saniyeh essaya de soutenir le regard de son interrogateur et dit d'une voix faible :

– *La. Wahiet Allah* [1].

Son interrogateur demeura impassible, mais laissa tomber :

– Ce n'est pas la bonne réponse.

Sans insister, il pinça le nez du Palestinien, le forçant à ouvrir la bouche, dans laquelle il plaça aussitôt une sorte de mors en caoutchouc, qui maintenait les mâchoires écartées. Il prit ensuite une fraise de dentiste et avertit :

– Attention, ça va faire très mal !

Talal Abu Saniyeh n'eut même pas le temps d'avoir peur. La fraise avait déjà entamé l'émail d'une de ses incisives. En quelques fractions de seconde, elle le perça, atteignant la pulpe de la dent et le nerf.

Le Palestinien hurla si fort qu'il s'étrangla. La douleur était insupportable, lui vidait le cerveau. Impuissant, il se tortillait vainement sur le fauteuil de dentiste, le front couvert de sueur, les ongles de ses mains enfoncés dans ses paumes.

1. Non. Je le jure sur Allah.

Il ne se rendit même pas compte que son tourmenteur avait retiré sa fraise : la douleur continuait au même niveau. Ce dernier dit d'une voix égale :

– Je te laisse réfléchir quelques minutes. Ensuite, nous passerons à la dent suivante. Tu sais que tu en as trente-deux…

Talal Abu Saniyeh resta seul, le cœur battant la chamade, le cerveau vide, avec toujours cette douleur infernale qui lui taraudait la bouche. Il ne savait même plus où il avait mal.

Peu à peu, son cerveau se remettait à fonctionner. Il se rendit compte que, physiquement, il ne tiendrait pas le coup. Que, de toute façon, ils avaient d'autres cordes à leur arc. Son sort était réglé. Il avouerait. Jamais il ne sortirait vivant du bâtiment de la Sécurité d'État. Lorsqu'on aurait extrait de lui tout ce qu'il savait, on lui tirerait une balle dans la tête.

Il réalisa à peine que son interrogateur était revenu, planté en face de lui. Ses yeux étaient pleins de larmes, son cœur cognait dans sa poitrine. Lorsqu'il vit l'homme décrocher la fraise de son support, une panique irrépressible le submergea.

– *La ! La*, gémit-il. Oui, c'est moi qui l'ai fait.

L'autre ne manifesta aucune satisfaction particulière. Il prit la feuille fixée à un support de bois et inscrivit un mot sur la première ligne.

– *Ya'ni* ! fit-il. Qui t'a dit de le faire ?

En dépit de la menace de la fraise, Talal Abu Saniyeh cala. Avouer qu'il était un agent israélien, c'était se tirer une balle dans la tête. Et déclencher un flot de nouvelles questions. Les Syriens étaient très méticuleux, voulaient tout savoir.

Il était tellement absorbé dans sa défense mentale qu'il ne vit pas la fraise qui se glissait dans sa bouche. Cette fois, la douleur fut encore plus forte, plus intense. Le tourmenteur avait foré verticalement, attaquant directement le nerf. Talal Abu Saniyeh eut un hoquet et s'étrangla. La tête rejetée en arrière au maximum pour échapper à l'atroce douleur, il était en train de s'étrangler.

L'interrogateur retira vivement sa fraise. Son rôle n'était pas de tuer le prisonnier. Laissant le Palestinien reprendre son souffle.

Celui-ci rouvrit des yeux pleins de larmes et croisa le regard froid et indifférent de l'homme qui le torturait. Prêt à continuer. La peur de la douleur immédiate fut plus forte que la crainte de l'avenir.

– Les Juifs ! murmura Talal Abu Saniyeh.

Puis, il ferma les yeux, sachant qu'il venait de se condamner à mort.

CHAPITRE XIX

Une fois de plus, le Blackhawk filait au ras des flots, en direction de Chypre. À bord, Mitt Rawley, Jordan Brand, un expert du Hamas de la Company et Malko. Lorsque Tamir Pardo avait appris la nouvelle de l'arrestation de Talal Abu Saniyeh, c'est lui qui avait suggéré une réunion d'étape, afin de faire le point. Bien entendu, le meurtre d'Ali Douba avait été attribué par les médias syriens à l'Armée syrienne libre, dans la ligne de plusieurs autres attentats contre les forces de la Sécurité syrienne.

Mitt Rawley se pencha vers Malko et cria, pour dominer le bruit de la turbine :

– Tamir doit nous donner le mode d'emploi pour la suite !

Évidemment, Langley trépignait. La situation était toujours aussi instable en Syrie et la seule solution, aux yeux des Américains, était de réussir l'opération. En souhaitant que tout ne s'effondre pas avant.

– J'espère que les Israéliens ne se sont pas trop avancés, répondit Malko. Entre « tenir » une source et

lui faire accomplir un coup d'État, il y a une nuance.
D'importance. Et puis, apparemment, il reste encore à
ce que le général Abdallah Al Qadam soit nommé au
Comité militaire du Baas, en remplacement d'Ali
Douba. D'après Tamir Pardo, c'est la seule façon de
lui donner le pouvoir de réussir à éliminer Bachar.

– On va le savoir très vite, conclut l'Américain.

Le Blackhawk commençait sa descente sur Limassol.

Ils ne mirent pas longtemps à gagner l'ambassade
américaine. Cette fois, le chef du Mossad était déjà
arrivé. Impassible comme d'habitude. Après les poignées de main, c'est lui qui ouvrit la discussion.

– Nous avons eu, par Gaza, confirmation de l'arrestation de Talal Abu Saniyeh, annonça-t-il. Le Hamas
ne sait que penser. C'était, à leurs yeux, un militant
irréprochable. Il paraît que Khaled Meshall a demandé
des explications aux Syriens. La situation est tendue.

– Quelles peuvent être les conséquences de cette
arrestation, à votre avis ? demanda Mitt Rawley.

L'Israélien fit la moue.

– Il faudrait déjà savoir *pourquoi* Talal Abu Saniyeh
a été arrêté par le moukhabarat. Ce n'est mentionné
nulle part, officiellement. Est-ce pour ménager le
Hamas ? Ou parce qu'ils n'ont pas de preuves contre
lui. Malheureusement, ils vont les obtenir.

– Comment ? demanda Mitt Rawley avec une
certaine naïveté.

Tamir Pardo lui jeta un regard amusé.

– *Personne* n'a jamais résisté aux interrogatoires
du moukhabarat. Sauf en se suicidant. J'ignore si Talal

est en situation de le faire. De toute façon, on ne le reverra jamais, mais ce n'est pas tragique : il a rempli son rôle. En plus, il ne peut pas apprendre grand-chose aux Syriens, sauf qu'il travaille pour nous. Comme il ne connaissait aucun autre Palestinien retourné, cela n'ira pas loin.

– Il ne sait rien sur le général Abdallah Al Qadam.

– En tout cas, pas par nous, assura Tamir Pardo. Son rôle était strictement limité. Grâce à notre manip, les Syriens ne savent même pas que vous êtes derrière tout cela. C'est nous qui portons le chapeau, mais ce n'est pas grave. C'est dommage, Talal Abu Saniyeh était une « bonne source » au sein du Hamas. Heureusement il y en a d'autres.

Il était de notoriété publique que tous les mouvements palestiniens, y compris les plus radicaux, étaient infiltrés par le Mossad ou le Shin Beth.

Gordon Cunningham qui, jusque là, ne s'était pas mêlé à la conversation, demanda :

– Qu'est-ce qu'on fait maintenant ? L'élimination d'Ali Douba n'était qu'une étape, d'après votre plan.

Tamir Pardo lui jeta un regard froid.

– Rien, pour l'instant. N'oubliez pas qu'il faut que notre ami Abdallah Al Qadam soit nommé au Comité militaire du Baas, pour avoir les mains libres. Or, je ne pense pas que cela a déjà été fait.

– Vous avez un moyen de le savoir ? demanda vivement Mitt Rawley.

– En principe, oui, assura l'Israélien. C'est une question de quelques jours, une semaine au plus.

– Et ensuite ?

– Il sera temps de réactiver Abdallah Al Qadam.

– Comment ?

– Nous avons commencé à étudier le problème. Je crains qu'il ne nous soit impossible d'utiliser les filières de contact du passé. Avec ses nouvelles responsabilités, il aura du mal à sortir de Syrie.

Malko sentit sa colonne vertébrale geler.

– Vous allez le « traiter » en Syrie ? demanda-t-il. C'est hautement risqué.

– Nous verrons, éluda l'Israélien. Pour l'instant, il faut laisser s'apaiser l'affaire Ali Douba et voir ce qui arrive à Talal Abu Saniyeh.

– Son avenir me paraît hautement compromis, laissa tomber Malko.

– C'est aussi mon avis, reconnut l'Israélien. On peut toujours espérer un miracle. Revoyons-nous dans une semaine. D'ici là, nous aurons trouvé un moyen de réactiver notre général.

Talal Abu Saniyeh avait l'impression d'avoir du feu dans la bouche. En dépit de sa volonté de parler, ses bourreaux avaient encore percé trois de ses dents, pour l'« attendrir » et être certains qu'il dise bien toute la vérité. L'interrogatoire avait duré près de six heures, avec une précision machiavélique, des retours sur les vieilles questions. D'autant plus difficile que le Palestinien ne savait pas grand-chose. Son recrutement par les Services israéliens était un classique. Ses motivations aussi, ce qui ne semblait pas le blanchir auprès des Syriens. Bien entendu, il avait beaucoup parlé de ses amis du Hamas, balançant même quelques noms.

Tout plutôt que de repartir chez le « dentiste ».

Cela faisait deux jours qu'il avait été arrêté. Entre deux interrogatoires, il couchait dans une cellule humide et glaciale au second sous-sol d'un petit immeuble de la direction de la Sécurité d'État. Attaché à son châlit avec de fines chaînes d'acier. Juste au cas où il aurait voulu se suicider.

Il avait renoncé à penser.

Évoquer le passé était trop pénible et penser à l'avenir, c'était pire. Il avait beau essayer d'écarter l'idée de la mort, elle revenait avec insistance.

Un bruit de verrou le fit sursauter. Deux hommes pénétraient dans sa cellule. Ils le détachèrent et il les suivit, les mains menottées derrière le dos. Jusqu'à un bureau anonyme où trônait un homme qu'il n'avait encore jamais vu. Ses gardes l'attachèrent à sa chaise et s'éclipsèrent.

L'agent du moukhabarat lui jeta un regard dégoûté.

– S'il ne tenait qu'à moi, dit-il aimablement, on t'aurait jeté dans une fosse d'aisance et tu serais mort étouffé par la merde. D'ailleurs, il est encore temps.

« J'ai lu tout ton dossier. Tu es un chien. Un traitre vendu aux Juifs.

– Je les hais ! fit Talal Abu Saniyeh avec sincérité.

Ce que j'ai fait, c'était pour ma sœur. Pour qu'elle vive.

L'argument ne sembla pas toucher son interlocuteur qui ouvrit le dossier et demanda :

— Parle-moi de ton changement d'OT ?

— J'ai déjà tout dit, assura le Palestinien. C'est dans votre dossier.

— Recommence !

Talal Abu Saniyeh obéit, racontant la rencontre du Caire et ce qui avait suivi.

— Pourquoi les Juifs ont-ils fait cela ? demanda son interrogateur.

Le Palestinien ne put que secouer la tête.

— Je n'en sais rien, avoua-t-il.

— Parle-nous de ton nouvel OT, Dan. Décris-le.

Il l'avait déjà fait, mais il recommença, cherchant à être le plus précis possible. Sans comprendre où voulait en venir son interlocuteur. Il n'avait, à sa connaissance, aucun moyen d'identifier cet officier du Mossad. Lorsqu'il eut terminé, le Syrien demanda :

— Tu parles hébreu ?

— Non, je l'ai dit, quelques mots seulement.

— Lui, il parle hébreu ?

— Oui.

Le Syrien replongea dans son dossier et souligna :

— Tu as dis que ton ancien OT s'était adressé à lui en hébreu et qu'il avait répondu.

— Oui. *Ken.*

— Il n'a rien dit d'autre ?

– Non.

– Bien, j'en ai fini avec toi.

Il appuya sur une sonnette et les deux moukhabarats qui avaient amené le Palestinien réapparurent, l'entraînant dans le couloir. Seulement, au lieu de le ramener dans sa cellule, ils le guidèrent à travers un autre couloir, jusqu'à une pièce carrée sans la moindre ouverture à part la porte. Une rampe de néon verdâtre l'éclairait faiblement. Talal Abu Saniyeh sentit son cœur se recroqueviller. Il n'y avait aucun meuble, rien pour s'asseoir ou se coucher. Les murs, en pierres, étaient pleins d'éclats et de cavités, avec des taches suspectes.

Une odeur fade saisissait aux narines.

Il comprit en une fraction de seconde que sa vie allait se terminer là. C'était un lieu d'exécution. Il se retourna et croisa le regard des deux hommes. L'un avait sorti un gros pistolet automatique Makarov de sa ceinture. Il l'arma, tandis que son voisin pesait sur les épaules du Palestinien.

– À genoux ! ordonna-t-il d'un ton sec, sans élever la voix.

De toute façon, les jambes de Talal Abu Saniyeh ne le soutenaient plus. Il se laissa tomber sur le sol de ciment, pensant à des tas de choses.

– Crève, chien ! fit l'homme au Makarov.

L'extrémité du canon était appuyée sur la nuque du Palestinien. La détonation assourdissante le prit quand même par surprise.

*
* *

Tamir Pardo était reparti. Gordon Cunningham et Mitt Rawley faisaient la gueule, sous le regard de Malko.

– Il nous enfume ! laissa tomber Gordon Cunningham. Tourné vers Mitt Rawley, il ajouta : Qu'en pensez-vous ?

Le chef de Station de la CIA à Beyrouth hocha la tête.

– Je serai moins affirmatif ! objecta-t-il. Je crois *sincèrement* que les Schlomos veulent se débarrasser de Bachar El Assad pour le remplacer par quelqu'un de plus présentable, comme le général Abdallah Al Qadam. Je pense qu'ils ont des moyens de le joindre qu'ils ne nous ont pas communiqués. Ils attendent quelque chose, j'ignore quoi.

– Tout ça est opaque, remarqua Malko. Nous sommes obligés de les croire sur parole. Mais je ne vois pas pourquoi ils auraient inventé toute cette histoire gratuitement.

– Pourquoi ont-ils sous-traité avec nous cette « source » du Hamas ?

– Là, cela me paraît plus évident, expliqua Malko. Ils ne veulent à aucun prix qu'on puisse dire qu'ils ont travaillé au remplacement de Bachar. Cela plomberait son remplaçant. Il doit être « clean », vis-à-vis d'eux.

– Dans ce cas, remarqua Mitt Rawley, l'arrestation de Talal Abu Saniyeh est un coup dur pour eux. Il a sûrement parlé. Donc les Syriens pensent qu'il est toujours manipulé par les Israéliens et que c'est sur leurs ordres qu'il a exécuté Ali Douba.

– Oui, reconnut Mitt Rawley. Cela peut leur poser un problème. C'est peut-être la raison pour laquelle ils traînent les pieds. Évidemment, il faudrait arriver à contacter, *nous*, le général Abdallah Al Qadam.

– Vous savez bien que c'est impossible, rétorque Malko. D'abord, ce sont les Israéliens qui possèdent les moyens de chantage contre lui. Pas nous. Attendons ce qu'ils vont nous dire sur Talal Abu Saniyeh. Ils ont de bien meilleures sources que nous à Gaza.

Talal Abu Saniyeh, la tête contre le sol en ciment, ne savait plus s'il était vivant ou mort. La détonation l'avait complètement assourdi et il ne comprenait plus. Une main puissante le força à se relever.

Il titubait.

L'homme au pistolet le fixait, l'air méchant. Il remit son arme dans sa ceinture et lança :

– La prochaine fois, je ne tirerai pas à côté de ta tête, chien. Viens.

Le Palestinien le suivit comme un automate, ne comprenant plus. La détonation avait réveillé la douleur de ses dents. Il avait envie de hurler. Il se retrouva dans le bureau qu'il avait quitté un quart d'heure plus tôt, en face du même homme. Cette fois, on ne l'attacha pas à la chaise.

– Tu as beaucoup de chance, remarqua son interrogateur. Nous avons trouvé un moyen de nous venger des Juifs. Grâce à toi.

Talal Abu Saniyeh n'en croyait pas ses oreilles. En cette seconde, il avait férocement envie de vivre.

– Qu'est-ce que je dois faire ? demanda-t-il.

Le Syrien ne répondit pas directement.

– Tu vas sortir d'ici ce soir. Comme on ne t'a pas trop abîmé, cela ne pose pas de problèmes. Tu es content ?

Talal Abu Saniyeh ne savait plus que dire. Il baissa la tête et répondit à mi-voix :

– Oui.

Là, il ne comprenait plus du tout.

– Tu vas prendre demain un vol pour Le Caire, continua le Syrien. Comme beaucoup de gens savent que tu as été arrêté, tu vas dire que tu as été interrogé parce que tu étais sur les lieux de l'attentat contre Ali Douba, mais que finalement, on t'a innocenté. Qu'il n'y avait rien de concret contre toi. Ça, c'est pour tes copains du Hamas.

« Dès que tu seras au Caire, tu vas appeler le numéro dont tu as parlé à Chypre et tu vas laisser un message pour ton OT juif, disant que tu veux le voir, en lui fixant rendez-vous au Caire.

« Tu crois qu'il va accepter ?

– Oui, je pense, dit Talal Abu Saniyeh, comprenant de moins en moins.

– En arrivant au Caire, continua son interlocuteur, tu vas aller à notre ambassade. Là, quelqu'un dont je vais te donner le nom te remettra un pistolet. Ensuite, lorsque tu rencontreras ton Juif, tu le tueras.

CHAPITRE XX

Talal Abu Saniyeh mit quelques secondes à comprendre. Lorsqu'il releva la tête, il réalisa que le Syrien ne lui faisait pas vraiment un cadeau.

— Bien entendu, tu ne vas pas partir seul, précisa ce dernier. Deux hommes de chez nous t'escorteront. Ils ont ordre de te tuer à la moindre défaillance. Au Caire, ils ne te lâcheront pas. Ils ne seront pas loin lorsque tu rencontreras ton Juif. Tu sais te servir d'une arme, n'est-ce pas ?

Le Palestinien inclina la tête affirmativement.

— Voilà, enchaîna son interlocuteur, c'est la chance de payer ta dette. Je pense que ce Juif ne se doute pas que tu veux le tuer. Il sera sans méfiance.

« Tu ne dois pas le rater.

Talal Abu Saniyeh dit d'une voix blanche :

— Si je fais cela, ils vont tuer ma sœur…

— Si tu ne le fais pas, tu vas mourir tout de suite, lâcha le Syrien. Tu risques, au Caire, d'être arrêté par la police locale. De toute façon, les Juifs te pourchasseront pour te tuer. Ils ne pardonnent jamais ce genre de chose. Tu n'auras qu'un endroit pour te réfugier : ici, en Syrie. À Gaza, tu ne tiendras pas une semaine. Ils savent tout là-bas.

« Inch Allah, peut-être arriveras-tu à revenir ici. Tu pourras nous rendre d'autres services.

« Maintenant, *rouh* ! Tu es quand même un traitre et un chien.

Talal Abu Saniyeh avait l'impression de vivre un rêve. Une heure plus tôt, il n'aurait pas donné une livre syrienne de sa vie. Désormais, il entrevoyait, même d'une façon extrêmement vague, une possibilité de vivre. Bien sûr, il y avait sa sœur. Les Israéliens ne lui pardonneraient pas sa trahison.

Mais, en ce moment, l'instinct de survie était le plus fort. Il avait envie de baiser la main de l'homme qui lui offrait la possibilité de vivre encore un peu.

Mitt Rawley avait des étoiles dans les yeux quand il se glissa à côté de Malko.

– Je viens d'avoir une information de la Station de Moscou. Ils me communiquent tout ce qui a trait à la Syrie. Le général Abdallah Al Qadam doit se rendre prochainement à Moscou, pour négocier des contrats d'armement avec Rosoboronexport. En tant que chef d'État-major de l'armée syrienne. Le chef de Station pense qu'il vient *aussi* discuter des problèmes avec l'Iran, dont il est spécialiste.

– Cela voudrait donc dire qu'il est devenu secrètement membre du Comité militaire baassiste ? avança
Malko.

– Ce n'est pas impossible, cela peut se faire très
vite, il suffit d'une réunion des autres membres qui ne
dure que quelques minutes. Tout est informel dans
cette structure.

– Il faut en parler aux *Schlomos*, conclut Malko.
On ne peut rien faire sans eux.

– Je vais provoquer une réunion avec Pardo, décida
Mitt Rawley.

Le brouhaha, autour d'eux, protégeait leur
conversation. La partie « club » du Café Mandaloum
était toujours bourrée, des jeunes attendant une table
au fond. Le chef de Station de la CIA leva son verre
de Scotch.

– À notre succès.

Malko tempéra son optimisme.

– Il y a encore beaucoup d'obstacles. On va voir ce
que dit Tamir Pardo. Je teste quand même la boîte
vocale de Chypre.

L'Américain reposa son verre de Scotch.

– Il y a de fortes chances pour que Talal Abu
Saniyeh soit déjà mort, ou, au mieux, dans un cul de
bassefosse du moukhabarat. Nous n'avons pas beaucoup de sources au Hamas, ce sont les *Schlomos* qui
en savent beaucoup plus que nous.

Ils déjeunèrent rapidement, l'Américain devant
ensuite rencontrer le général Rifi. Lorsqu'ils se sépa-

rèrent, Malko éprouvait une drôle d'impression. En
apparence, leur manip progressait puisqu'ils avaient
réussi à faire éliminer Ali Douba, à Damas même,
comme, jadis, Imad Mugniyeh. Pourtant, il éprouvait
une sorte de malaise, comme si quelque chose
d'important lui échappait. Pour l'instant, sa vie à
Beyrouth se résumait à des activités très simples.
Attendre et passer beaucoup de soirées avec Naef Jna
qui semblait s'être étrangement attachée à lui. Il rejoignit Chris et Milton qui bâillaient à s'en décrocher la
mâchoire.

Ils s'ennuyaient, à force de trimballer leur puissante
artillerie pour rien.

– Ce soir, annonça Malko, je vous emmène au
Music Hall. Naef Jna n'y a jamais été.

Il savait que les Syriens ne le lâchaient pas, mais,
pour l'instant, ils faisaient profil bas. Autant profiter
de la vie.

Revenu au Four Seasons, il essaya de nouveau par
acquis de conscience le numéro de Chypre.

La voix qui sortit du téléphone envoya une brutale
giclée d'adrénaline dans ses artères :

« Je suis arrivé au Caire. J'ai eu des problèmes mais
c'est arrangé. Il faut que je vous voie. Laissez-moi un
message pour me dire quand vous pouvez venir. »

Malko écouta trois fois le message pour être certain
qu'il s'agissait bien de la voix de Talal Abu Saniyeh.
Ne comprenant pas comment il avait pu échapper aux
Syriens. À peine raccroché, il appela Mitt Rawley.

– Il y a du nouveau ! annonça-t-il. Il a réapparu. Je viens vous voir.

– Dans deux heures, pas avant, avertit l'Américain, Je suis encore en ville.

*
**

Talal Abu Saniyeh souffrait toujours des dents en dépit des doses massives d'analgésiques dont il se bourrait. Cela lui était difficile d'aller expliquer à un dentiste ce qui lui était arrivé.

Depuis son départ de Damas, les deux moukhabarats qui avaient voyagé avec lui dans le même avion ne l'avaient pas quitté d'une semelle. Il avait été s'installer au Bostan, son petit hôtel habituel, et avait hâte d'être à la fin de la journée pour aller retrouver sa copine, Leila. Il avait vraiment besoin de détente.

Leur taxi s'arrêta devant l'ambassade syrienne. Ses deux moukhabarats le guidèrent dans le petit bureau d'un moustachu massif à l'air farouche, le front bas et la mâchoire puissante. Il jeta au Palestinien un regard dégoûté.

– C'est toi le chien qui nous trahit pour les Juifs ! Nos chefs sont trop bons, on aurait dû t'écraser comme une punaise.

Il ouvrit un tiroir et en sortit un pistolet automatique Tokarev qu'il lui tendit.

– Le chargeur est plein, dit-il. Je veux que *toutes* les balles se retrouvent dans le corps du Juif que tu vas rencontrer.

Comme tous les Palestiniens, il ne disait jamais les « Israéliens », mais les « Juifs ».

Talal Abu Saniyeh prit l'arme et la glissa dans sa ceinture, dans le dos, dissimulée par sa veste.

– Tu as le rendez-vous ? demanda l'homme qui lui avait remis le pistolet.

– Pas encore. Je l'ai appelé.

– Dépêche-toi ! lança le Syrien. Sinon, on te remet dans l'avion pour Damas, et, cette fois, on ne sera pas aussi gentils.

C'était une façon de parler.

Lorsqu'ils ressortirent de l'ambassade, la tête lui tournait. Il se dit qu'il avait encore peut-être deux jours de paix relative, avant de replonger dans l'enfer.

– Il faut absolument savoir ce qui s'est passé, conclut Mitt Rawley. Filez au Caire le plus vite possible. Donnez-lui rendez-vous, comme la dernière fois.

– J'emmène les « gorilles » ?

L'Américain hésita.

– Ce n'est pas discret, finit-il par trancher. Là-bas, je pense que vous ne risquez rien. Et puis, cela va être un cirque de transporter leur matériel… C'est à vous de voir.

– C'est tout vu, conclut Malko, je pars seul. Je vais laisser un message sur la boîte vocale de Chypre. Il y a un vol demain matin.

– Ce serait plus prudent de passer par Chypre, avança l'Américain. Il ne faut pas tenter le diable. Je peux vous prévoir un Blackhawk qui vous déposera à Limassol demain matin. Comme ça, vous laissez votre voiture à l'ambassade et personne ne sait où vous êtes.

– Ok, accepta Malko.

Il avait hâte de rencontrer Talal Abu Saniyeh pour comprendre ce qui était arrivé à Damas.

***

Ali Mamlouk relisait avec soin l'interrogatoire de Talal Abu Saniyeh. Une trentaine de pages. Il revint sur un passage qui l'intriguait. Le transfert d'un OT du Mossad à un autre. Ce transfert lui semblait bizarre. Sans qu'il puisse expliquer pourquoi.

Surtout, en relisant un document, un détail le frappait : la description physique de ce nouvel agent du Mossad, Dan. Il correspondait exactement à celui de Malko Linge !

Bien sûr, il y avait un gros point d'interrogation. Pourquoi Malko Linge se serait-il fait passer pour un Israélien aux yeux de Talal Abu Saniyeh ?

Ce qui le tracassait le plus, c'était de savoir que cet agent de la CIA tournait autour de la Syrie depuis un moment. Il avait déjà tenté de retourner Mohammed Makhlouf. Bien sûr, Ali Mamlouk ne voyait pas l'intérêt pour les Américains ou les Israéliens de faire assassiner Ali Douba. Sa disparition ne changeait rien à l'équation politique.

Quand même, il voulait en avoir le cœur net.

Il appela Tarak Sahlab à Beyrouth.

– Il faut recommencer à surveiller Malko Linge, ordonna-t-il. S'il quitte Beyrouth, il faut que tu me préviennes immédiatement.

À peine avait-il raccroché qu'une secrétaire lui apporta un message juste déchiffré, en provenance de l'ambassade de Syrie au Caire. Talal Abu Saniyeh avait reçu une réponse de son traitant du Mossad. Celui-ci le rencontrerait le lendemain à midi à la Gare Centrale, là où ils s'étaient déjà vus.

Ali Mamlouk appela aussitôt Tarak Sahlab.

– Assure-toi que Malko Linge est toujours à Beyrouth, dit-il, et rappelle-moi.

Cette fois, il avait l'impression de mettre le doigt sur quelque chose…

**

L'ambiance était toujours électrique au Music Hall. Les deux « gorilles » ouvraient des yeux comme des soucoupes devant les filles hyper-maquillées, toutes accompagnées et flirtant comme des folles. Comme il n'y avait pas de piste de danse, les couples s'étreignaient à leur table, s'embrassaient ou dansaient devant leurs chaises, collés comme des timbres-poste.

Naef Jna ressemblait à une gravure de mode, avec un chignon et un maquillage d'hétaire. Sa robe noire, décolletée en V, moulait sa croupe de rêve qui n'arrêtait pas de se balancer, tandis qu'elle dansait sur place.

Collée à Malko, sa langue lui chatouillant parfois l'oreille.

Les Chebab-Brothers entraient en scène, ils se rassirent.

Aussitôt, la main de Naef Jna fila sous la nappe, en direction de Malko, assis à côté d'elle.

Chris Jones vit Malko avoir un léger sursaut, et donna un coup de coude à Milton Brabeck.

– *Holy shit*! Tu vois ce que vois?

Tout le monde regardait la scène, aussi les autres voisins de Naef et de Malko ne prêtaient aucune attention au couple. La bouche enfouie dans le cou de Malko, la jeune femme était affalée contre lui. Sa main disparaissant sous la nappe.

***

Malko avait sursauté en sentant les doigts de la jeune femme se poser sur lui, repérant la forme de son sexe, à travers l'alpaga de son pantalon. Il avait croisé son regard : l'innocence même avec une pointe de défi.

Quand les doigts fins s'étaient attaqués à son zip, il avait éprouvé un délicieux frisson. Et, son érection avait grandi d'un coup. Maintenant, les doigts de Naef Jna s'étaient glissés à l'intérieur, avait écarté le slip et saisi la colonne du sexe à pleine main. Puis, tranquillement, elle s'était mise à le masturber, avec douceur et régularité. Au milieu de cinq cents personnes.

Pour une jeune femme vierge quinze jours plus tôt, elle avait rapidement progressé sur la voie du péché…

Malko ne regardait plus le spectacle. Son regard croisa de nouveau celui de Naef Jna et elle colla sa bouche à son oreille.

– Tu aimes ?

Il ne put qu'incliner la tête. Naef Jna semblait ravie de son jeu érotique. Maintenant, elle allait et venait de plus en plus vite. Jusqu'à ce que Malko ne puisse pas se retenir. Son cri étouffé fut noyé par le bruit des chanteurs. Naef le tenait encore solidement.

Ravie.

Lui se sentait délicieusement bien. Cela le rajeunissait.

Délicatement, Naef plongea la main dans son sac et, toujours avec la même discrétion, fit sa toilette. Avant d'expédier à Chris et Milton un regard d'une innocence à faire fleurir les cerisiers.

Malko s'était évadé. Grâce à cette caresse subtile, il avait oublié que, quelques heures plus tard, il reprenait le collier.

Pour savoir ce qui était *vraiment* arrivé à Talal Abu Saniyeh.

*   *   *

Il faisait frais et, dans ce sens là, l'avenue Charles Helou était quasi-déserte. Malko mit juste vingt minutes pour atteindre l'ambassade américaine.

Un Blackhawk était déjà sur l'hélipad, les pales tournant. Mitt Rawley se tenait à côté de l'appareil, un attaché-case à la main.

– Je viens avec vous, annonça-t-il. J'ai rendez-vous avec Tamir. J'ai eu Langley, ils veulent qu'on mette le turbo. La situation en Syrie est de plus en plus instable. Il faut qu'il balise la seconde partie de la manip, et il est le seul à pouvoir le faire.

Malko monta les marches métalliques du Blackhawk et s'installa sur la banquette de toile, avant de bâiller. Il n'avait pas beaucoup dormi. En rentrant du Music Hall, Naef Jna s'était déchaînée. Même quand le réveil avait sonné, elle avait extirpé à Malko des dernières parcelles d'érotisme.

Avec la fougue de la jeunesse.

Le hurlement de la turbine augmenta. Le Blackhawk trembla, vibra, puis s'arracha au sol, piquant vers la mer.

**

Tarak Sahlab suivait l'hélicoptère à la jumelle. Bien entendu, il lui était impossible de savoir si Malko Linge se trouvait dans l'appareil, mais c'était une coïncidence troublante.

Il se gara alors que le Blackhawk n'était plus qu'un point au-dessus de la mer, et appela sur un portable crypté son chef à Damas.

– Je pense qu'il vient de partir pour Chypre en hélico, annonça-t-il.

– Je m'en occupe, répliqua Ali Mamlouk.

À peine eut-il raccroché, il appela l'ambassade syrienne à Chypre, et son représentant là-bas.

– File à l'aéroport de Limassol ! ordonna-t-il. Je sais qu'il y a un vol Egyptair pour Le Caire dans deux heures. Je veux la liste des passagers. Et que tu prennes des photos d'un type que je vais te décrire, qui va embarquer sur le vol.

Il décrivit Malko Linge et recommanda de faire parvenir les photos sur son ordinateur, immédiatement.

Quand il raccrocha, il jubilait.

Cette fois, il venait de faire un pas de géant.

CHAPITRE XXI

Tamir Pardo avait son visage fermé des mauvais jours. Il n'avait fait aucun commentaire durant le récit de Mitt Rawley concernant la « réapparition » de Talal Abu Saniyeh et son rendez-vous avec Malko.

– Qu'en pensez-vous ? demanda l'Américain.

– Il a été « retourné », laissa tomber L'Israélien. Sinon, ils ne l'auraient jamais relâché. Ali Douba est mort à cause de lui. Il va falloir être très prudent. Peut-être qu'à travers lui, on pourra « enfumer » les Syriens. Mais il a sûrement donné une contrepartie.

– Laquelle ?

L'Israélien leva les yeux au ciel.

– Il a dû balancer. De vrais ou de faux « traîtres » dans le Hamas qui travailleraient pour nous.

– Il en connaissait ?

Le chef du Mossad sourit.

– Non, pas à ma connaissance. Mais un homme qui a peur de mourir a beaucoup d'imagination.

« On va voir ce qu'il raconte à Malko Linge. Qu'il prend toujours pour quelqu'un de chez nous. Je pense que, pour cette affaire, son rôle est terminé, même s'il n'était pas grillé. Après cette rencontre, il ne faut pas qu'il y en ait d'autres.

– Vous ne voulez pas le récupérer pour vous dans ce cas ? demanda Mitt Rawley.

Tamir Pardo ne semblait pas chaud.

– On verra, dit-il évasivement. Nous avons d'autres « sources » non polluées.

– Ok, conclut l'Américain. Maintenant, il faut passer au stade suivant. Vous avez des nouvelles de Damas ?

– D'après certaines de nos sources, le général Abdallah Al Qadam a bien été « coopté » au Conseil militaire du Baas, mais ce n'est pas une certitude absolue. Seulement une rumeur.

– Que fait-on pour la suite ? insista Mitt Rawley.

De nouveau, L'Israélien sembla réticent.

– Il faut qu'on en parle, mais je pense que nous allons vous passer la main, comme nous avons fait pour Talal Abu Saniyeh. Avec une différence : cette fois, votre agent Malko Linge ne se fera pas passer pour Israélien, mais assurera son appartenance à votre agence.

– Pourquoi ?

– Abdallah Al Qadam nous hait. Ce n'est pas grave dans le cadre d'un rapport de force. Ce que vous voulez lui demander est plus délicat, complexe aussi. Il faut le mettre de votre côté, avec de bonnes raisons. Tout en se servant de ce que nous avons sur lui, comme « gros bâton ». Mais ce qu'il faudra, c'est le convaincre...

« Qu'il agit dans l'intérêt des Alaouites.

« Je ne pense pas qu'il porte Bachar El Assad dans son cœur, mais c'est un nationaliste et un Alaouite lui-même. Obtenir la protection des États-Unis pour un changement de régime peut le séduire, car il sait que, sans changement, le régime finira par s'effondrer. De l'intérieur.

Mitt Rawley ne dissimula pas sa surprise.

– Vous voulez dire que lui, un Alaouite, ne verrait pas d'inconvénient à liquider la famille Bachar, des Alaouites également ?

Tamir Pardo ne se troubla pas.

– Il ne faut pas raisonner ainsi. Le général Al Qadam est un nationaliste, qui ne veut pas que la Syrie explose, comme l'Irak ou l'Afghanistan. Cela a toujours été un pays plus ou moins laïc, tolérant avec ses minorités, avec un sentiment national développé.

« Et puis, en Syrie, les transitions se sont toujours faites violemment, dans le sang. Cela n'a donc rien de choquant. Je pense que, cette fois, il ne faut pas finasser : le but est de liquider toute la famille d'un coup, de la mère de Bachar au beau-frère. Les cousins Makhlouf ne résisteront pas. Il faudra quand même, ensuite, sacrifier les plus voyants, comme Rami, haï par une grande partie de la population.

Sa froideur était terrifiante. Mitt Rawley se rendit

compte que Tamir Pardo planifiait l'assassinat de toute une famille, sans le moindre état d'âme.

– Vous pensez que le général Al Qadam est capable de ce « nettoyage » ? interrogea-t-il.

– C'est un militaire. Il a l'habitude du sang, laissa tomber Tamir Pardo.

Un ange passa, en uniforme légèrement taché de sang…

– Très bien ! admit Mitt Rawley. Comment procédons-nous ?

– Vous savez comme nous que le général Al Qadam se rend prochainement à Moscou, dit l'Israélien. Il y restera une dizaine de jours. C'est une visite importante. C'est là qu'il faut le réactiver.

– Comment ?

– Je dois y réfléchir. Il faudra se méfier des Russes. Ils ne vous aiment pas.

– La Syrie est leur alliée, remarqua Mitt Rawley. Ce que nous souhaitons faire va dans le sens de leurs intérêts.

– Ils ne vous croiront pas ! laissa tomber Tamir Pardo. Ils penseront que vous voulez simplement affaiblir le régime. Je pense qu'il faut les laisser en dehors de cette affaire.

Ça promettait.

Pourtant, cela serait plus facile de contacter le général Al Qadam à Moscou qu'à Damas. Même sous l'œil du FSB.

– Rassurez-vous, assura l'Israélien, je fournirai à Malko Linge de quoi « motiver » notre ami syrien.

On se revoit dans deux jours, avec Malko Linge. Après le débriefing de Talal Abu Saniyeh.

**

Les embouteillages étaient toujours aussi effroyables, la poussière jaunâtre flottait partout. La ville pouilleuse semblait s'enfoncer dans le désert. Miracle, le vol de Chypre était arrivé à l'heure et Malko n'avait pas trop attendu à la douane, au milieu de rares touristes.

Tandis qu'il franchissait le Nil en taxi, il se dit qu'il n'aimerait jamais cette ville. Normalement, il repartait le lendemain, pour Chypre également.

Son taxi déboucha enfin sur le quai Gamal Abdel Nasser pour s'arrêter sous l'auvent majestueux du Four Seasons.

Une meute de grooms se battaient les flancs et se ruèrent sur le taxi. Le « Printemps arabe » avait été le fossoyeur du tourisme et, depuis, cela ne s'était pas arrangé.

Malko regarda sa montre. Onze heures dix. Il avait juste le temps de déposer ses bagages et de filer à la Gare Centrale. Il avait décidé de faire l'impasse sur le moukhabarat égyptien qui l'avait sûrement repéré à son arrivée. Après tout, il n'avait qu'un seul rendez-vous avec Talal Abu Saniyeh et n'avait pas l'intention de remettre les pieds au Caire de si tôt.

Il redescendit presque aussitôt, pensant à la pulpeuse Cyntia qui avait dû regagner Londres. Un

jour, peut-être la reverrait-il. Si elle ne filait pas le
parfait amour avec son prince libyen [1].

Il se dit qu'il dînerait volontiers avec Jerry Tombstone, le chef de Station de la CIA.

Pour les taxis, il n'eut que l'embarras du choix.

– À la Gare Centrale, lança-t-il au chauffeur.

Il serait pile à l'heure.

*
* *

Ali Mamlouk trépignait intérieurement. Les photos
qu'il venait de recevoir de Chypre, prises pendant
l'embarquement du vol pour le Caire ne lui avaient
rien apporté. Visiblement, son agent n'était pas doué
pour la photo. Aucun cliché, pris avec son téléphone
portable, ne lui apportait une certitude sur la présence
de Malko Linge parmi les passagers. Deux ou trois
hommes lui ressemblaient, mais ils étaient de trois
quarts ou de dos.

Il appela son secrétariat.

– Le manifeste du vol n'est pas encore arrivé ?

– Rien encore, affirma la secrétaire.

Furieux, le chef de la Sécurité d'État appela son
agent à Chypre.

– Qu'est-ce que tu fous ? hurla-t-il.

– Mon correspondant n'a pas encore repris son
service, il est en retard, expliqua le moukhabarat. Dès
qu'il est là, je vous faxe le document, *sidi.*

1. SAS n° 191, *Les Fous de Benghazi.*

– Tu as intérêt, chien ! gronda le Syrien.

Sa montre indiquait onze heures quarante-cinq. Dans un quart d'heure, l'agent de la CIA serait en contact avec Talal Abu Saniyeh.

Si c'était bien lui…

* * *

Malko pénétra dans la Gare Centrale à midi moins cinq. C'était la cohue habituelle. La plupart des Égyptiens voyageaient par le train, l'avion étant beaucoup trop cher pour eux.

Il fit un tour vers les guichets puis gagna la cafétéria où il avait fait connaissance de Talal Abu Saniyeh. Bien entendu, elle était bourrée et des gens étaient assis tout autour sur des valises.

Cela sentait le graillon, l'huile et la saleté.

Il s'approcha et examina les tables. C'est à l'intérieur qu'il découvrit Talal Abu Saniyeh devant un Pepsi Cola auquel il n'avait pas touché.

Il s'approcha de la table au moment où un appel en arabe des haut-parleurs rendait toute conversation impossible.

Le Palestinien tourna la tête vers lui lorsqu'il s'assit. Il avait le regard vide, comme un drogué, les traits creusés et semblait mal à l'aise.

– Que s'est-il passé ? demanda brutalement Malko, dès qu'un silence relatif fut revenu.

– Je n'ai pas eu de chance ! avoua Talal Abu Saniyeh. Tout s'était bien passé et je revenais vers

Damas quand j'ai été stoppé par un « check-point » de
l'armée syrienne. Ils bouclaient tout parce que la
voiture de Ali Douba venait de sauter. Ils m'ont arrêté
avec d'autres, mais les gens du moukhabarat qui
enquêtaient dans le village avaient interrogé la vendeuse d'une boulangerie chez qui le chauffeur d'Ali
Douba avait acheté des *manakish*. Juste avant l'acci-
dent. Elle a dit qu'elle m'avait vu m'arrêter près de la
voiture.

« Alors, évidemment, ils m'ont emmené rue du 17
Nissan.

Le siège de l'Idarat Al Amm, la Sérurité de l'État.

– Heureusement, j'ai trouvé là-bas quelqu'un qui
me connaissait et on ne m'a pas trop maltraité,
continua le Palestinien.

« Ils m'ont quand même descendu à l'Unité 215. Ils
voulaient savoir ce que je faisais là-bas. Je leur ai dit
que je m'étais perdu. Et puis, un autre type a téléphoné pour dire qu'on me connaissait. Celui qui me
« traitait » à Damas.

– On ne vous a pas torturé ? demanda Malko.

Talal Abu Saniyeh eut un sourire triste.

– Ils m'ont battu, bien entendu, menacé de me tuer,
mais ils ne m'ont pas *vraiment* interrogé. Il a quand
même fallu que je passe la nuit là. Et puis, l'ordre est
venu de me libérer. Je pense qu'ils ne voulaient pas se
mettre mal avec le Hamas. En plus, ils n'avaient rien
trouvé sur moi et ne comprenaient pas pourquoi
j'aurais tué Ali Douba.

Il se tut et avala une gorgée de Pepsi, faisant aussitôt une grimace en portant la main à sa joue.

– Qu'est-ce qu'il y a ? demanda Malko.

– J'ai une rage de dents, expliqua Talal Abu Saniyeh en plongeant la main dans la sacoche posée à ses pieds.

Il en sortit une boîte de Doliprane 1000 et prit un comprimé.

Malko remarqua qu'il ne le regardait jamais en face, et qu'il semblait très nerveux.

– Vous retournez quand à Damas ? demanda-t-il.

– Je vais d'abord à Gaza, dit le Palestinien.

Il semblait souffrir beaucoup et demeura silencieux un long moment, la main sur sa joue.

Malko se demandait ce qu'il allait en faire. Son histoire tenait, et de toute façon, désormais, cela n'avait plus d'importance.

Un garçon arriva et il commanda un café.

*
* *

Ali Mamlouk parcourait fiévreusement la liste des passagers du vol Limassol-Le Caire du matin qui venait enfin de lui parvenir, quand il poussa un hurlement !

Le nom qu'il cherchait était sous ses yeux : Malko Linge !

Son intuition ne l'avait pas trompé. L'agent de la CIA qui intriguait contre la Syrie et « Dan » celui du

Mossad, le nouveau « traitant » de Talal Abu Saniyeh, n'étaient qu'un seul homme. Fiévreusement, il sauta sur son portable et appela son agent qui se trouvait au Caire, veillant sur Talal Abu Saniyeh, censé ne pas le lâcher d'une semelle.

Occupé.

Réseau ou portable. Les communications étaient toujours mauvaises avec l'Égypte.

Il recommença, appela sa secrétaire, lui demandant d'essayer de son côté. Jurant entre ses dents, il recommença, sans se lasser. Afin d'éviter une vraie bavure.

Talal Abu Saniyeh avait regardé Malko boire son café, sans dire un mot. Enfin, il ouvrit la bouche pour demander :

– Vous avez encore besoin de moi ?

– Non, je ne crois pas, fit Malko.

Le Palestinien hocha la tête puis, d'un geste naturel, sa main partit vers sa sacoche. Malko se dit qu'il allait reprendre un comprimé.

Le visage du Palestinien avait pris une expression bizarre, comme s'il souffrait et Malko pensa que sa rage de dents le reprenait.

La main de Talal Abu Saniyeh ressortit de la sacoche. Elle ne tenait pas une boîte de comprimés, mais un gros pistolet automatique.

– Crève, chien de Juif, lança le Palestinien, en braquant son arme sur Malko.

CHAPITRE XXII

Le bras de Talal Abu Saniyeh se détendit. Malko vit devant ses yeux le trou noir du canon du pistolet. Paralysé. Impuissant. Stupéfait.

La détonation lui fit instantanément fermer les yeux.

Il s'attendait à un choc, puis à un trou noir. À une douleur. À cette distance, le projectile devait lui faire exploser la tête.

Rien.

Il rouvrit les yeux.

Talal Abu Saniyeh était effondré sur la table où le café avait été renversé. Il tenait toujours dans sa main droite la crosse du gros pistolet noir. Une tache de sang grandissait à toute vitesse, entre son visage et la table.

Malko leva les yeux et aperçut un homme qui s'enfuyait en courant vers la sortie de la cafétéria.

Des gens se mirent à crier, les clients se levaient ou s'enfuyaient, paniqués. Un appel de haut-parleur couvrit le brouhaha. Malko ne comprenait plus. Qui avait tué le Palestinien, quelques fractions de seconde avant qu'il ne tire sur lui ?

Les questions se bousculaient encore dans sa tête lorsque surgirent plusieurs policiers en uniforme. Hélas, ils ne parlaient qu'arabe.

On le fouilla. On lui prit son passeport. Enfin, un officier parlant anglais arriva à son tour et commença à poser des vraies questions. Malko dit la vérité : il prenait un verre avec un ami palestinien lorsqu'un homme avait surgi et l'avait abattu, alors qu'il sortait une arme...

On examina les papiers du mort et les portables commencèrent à chauffer. Finalement, Malko fut emmené dans un fourgon de police. Il se retrouva dans un petit local sale, puant et décrépit, en face d'un policier qui commença par lui prendre ses empreintes, lui photographier l'iris de l'œil et entreprit de lui poser des questions stupides.

– Je peux donner un coup de téléphone ? demanda Malko.

– À votre ambassade ?

– Oui.

– Allez-y.

Malko composa aussitôt le numéro de Jerry Tombstone, le chef de Station de la CIA au Caire. Heureusement, l'Américain était là.

– Jerry, annonça Malko, je suis au Caire depuis hier et j'ai un problème. Quelqu'un avec qui je me trouvais a été abattu par un inconnu et la police m'a arrêté. Je suis au commissariat central de la Gare.

– J'arrive, fit l'Américain sans discuter.

*
* *

Ali Mamlouk était en train de revisiter tout le
dossier Malko Linge. Il avait joint in extremis son
agent au Caire pour empêcher Talal Abu Saniyeh
d'abattre l'agent de la CIA, comme il en avait reçu
l'ordre à Damas. Son déguisement en agent du Mossad
posait beaucoup de questions et le liait au meurtre
d'Ali Douba. Car c'est lui qui avait donné l'ordre à
Talal Abu Saniyeh de le liquider.

Pourquoi ?

À ce jour, il n'avait pas la réponse, mais c'était dans
la ligne de ce qui s'était passé plus tôt, avec l'opération de « retournement » de Mahmoud Makhlouf.

La déstabilisation du régime de Bachar El Assad.

Une chose était certaine : Malko Linge était plus
utile aux Syriens vivant que mort. Même si on ignorait
encore beaucoup de choses de son rôle.

Les instructions de Manaf Abu Wahel, le nouveau
« superviseur » de tous les moukhabarats étaient
formelles : ne rien lui faire, se contenter de le surveiller.

Il ramassa ses dossiers et sortit du bureau, pour
rejoindre une réunion avec le même Manaf Abu Wahel
afin de faire le point de cette affaire, et essayer
de contrer le prochain coup. D'abord, tenter de
comprendre ce que pouvait rapporter aux Américains
la mort d'Ali Douba. Ce dernier, depuis longtemps,
n'était plus une figure de proue du régime et ceux qui
pouvaient lui en vouloir le plus étaient les Libanais.

Or, Ali Mamlouk voyait mal les Américains sous-traiter leur vengeance. Donc, il y avait autre chose qu'il fallait découvrir.

*
* *

Malko regarda la nuit qui tombait sur le Nil. Il avait été relâché après trois heures d'interrogatoire, grâce à une intervention des Américains auprès du moukhabarat. Jerry Tombstone devait venir le chercher pour dîner. Le lendemain, il reprenait un vol pour Chypre.

Il ne comprenait toujours pas pourquoi Talal Abu Saniyeh avait voulu le tuer et qui l'en avait empêché.

Forcément, les Services syriens étaient dans le coup. La mort du Palestinien ne le bouleversait pas. Plus gênant était le fait que les Syriens ne lâchent pas Malko, alors qu'il devait accomplir la partie la plus difficile de sa mission : retourner le général Abdallah Al Qadam.

Le téléphone sonna : Jerry Tombstone.

L'Américain semblait détendu et ils filèrent directement à l'Arabesque, là où ils avaient dîné quelques mois plus tôt.

– Vous avez appris quelque chose ? demanda Malko, dès qu'ils furent installés.

– Pas grand-chose, avoua le chef de Station de la CIA. Talal Abu Saniyeh était fiché comme membre du Hamas et ses faits et gestes suivis par le moukhabarat. Il était arrivé hier de Damas et s'était installé à son hôtel habituel. Ensuite, il avait été rendre visite à sa maîtresse, puis était retourné dormir.

« La veille, il avait aussi rendu visite à l'ambassade syrienne au Caire, ce qui n'était pas extraordinaire, car il continuait à faire la liaison avec les Syriens et Khaled Meshall, désormais installé à Doha.

– Il était suivi quand il m'a rencontré ?

– Oui. Comme d'habitude. Un agent du moukhabarat était dans la cafétéria, un peu plus loin. Il a vu arriver l'assassin du Palestinien. Un homme qui est entré presque en courant dans la cafétéria lui a tiré une balle dans la nuque et est reparti. Personne n'a pu l'identifier. C'est le témoignage de cet agent qui vous a dédouané. J'ai avoué aux Égyptiens que vous « traitiez » Talal Abu Saniyeh pour le compte de la CIA. Ils m'ont crû.

– Comment expliquent-ils le meurtre ?

– Règlement de compte intérieur au Hamas. Il y a plusieurs tendances rivales.

Malko n'avait plus qu'une idée : reprendre l'avion.

– Prévenez Chypre, dit-il, je reprends le vol de demain matin pour Larcana.

– Vous n'avez plus eu de nouvelles de votre amie britannique ? demanda Jerry Tombstone. Elle était fichtrement bandante.

– Hélas, non, dit Malko. Si je vais à Londres, je lui téléphonerai.

Pour l'instant, il retournait à Beyrouth, via Chypre.

* *
*

Il faisait nettement plus chaud à Chypre. Lorsque le Boeing 737 d'Egyptair stoppa, près de l'aérogare, la Chevrolet noire de l'ambassade américaine stationnait en bas de la coupée.

– Sir, annonça le chauffeur, M. Cunningham m'a demandé de vous conduire à l'ambassade.

Aucun Blackhawk ne se trouvait sur le tarmac. Lorsque Malko entra dans l'ambassade, on l'emmena directement au bureau de Gordon Cunningham, au second étage. Il eut la surprise d'y trouver Tamir Pardo, le chef du Mossad, qu'il n'avait rencontré jusque là que dans le sous-sol de l'ambassade.

– Vous l'avez échappé belle, lança l'Israélien en lui serrant la main.

Les trois hommes s'assirent autour de la table basse. Après avoir trempé ses lèvres dans un café immonde, Malko se tourna vers Tamir Pardo.

– Vous comprenez ce qui s'est passé?

– En partie, corrigea l'Israélien. Talal Abu Saniyeh a très probablement été retourné par les Syriens. En échange de la vie sauve, ils l'ont forcé à vous tuer, c'est-à-dire à supprimer un agent du Mossad. Ce qu'ils arrivent rarement à faire. On aura une confirmation, mais ça colle.

– Alors, qu'est-ce qui a dérapé? demanda Malko.

– Je ne sais pas encore, avoua l'Israélien. Je pense que l'homme qui vous a sauvé la vie est *aussi* un agent syrien, agissant sur ordre de Damas. Un ordre *contra-dictoire* de celui donné à Talal Abu Saniyeh.

« J'ignore ce qui a pu les faire changer d'avis. Sûrement pas la crainte de tuer un Israélien.

Un ange passa, les yeux bandés. L'Israélien semblait sincèrement perplexe.

– Qu'est-ce qu'on fait ? demanda Gordon Cunningham.

– L'impasse pour le moment ! laissa tomber Tamir Pardo. L'avenir va sûrement nous éclairer. Soyez plus prudent que jamais. Désormais les Syriens *savent* que vous êtes mêlé à la tentative de déstabilisation de Bachar El Assad. Ils ont aussi découvert que vous ne faisiez qu'un avec l'agent du Mossad qui « traitait » Talal Abu Saniyeh.

« Un de nos amis du moukhabarat égyptien nous a donné son rapport d'autopsie. Le médecin légiste a trouvé des perforations dans cinq dents du Palestinien. C'est une méthode de torture classique chez les Syriens. Ils percent des dents sans anesthésie. Personne ne résiste à ce genre de douleur.

Malko se souvint de la « rage de dents » de Talal Abu Saniyeh. Cherchant à récapituler ce que le Palestinien avait pu révéler aux Syriens.

Tout sur le meurtre d'Ali Douba, rien sur les projets autour du général Abdallah Al Qadam, puisque Malko n'avait jamais mentionné son nom.

Seul problème : Damas avait désormais la preuve qu'il œuvrait à la déstabilisation de Bachar El Assad.

Il se retrouvait donc en première ligne. Comme s'il avait lu dans ses pensées, Gordon Cunningham souligna :

– Vous avez intérêt à ne pas vous éloigner de vos « baby-sitters ».

Autrement dit, retourner à Beyrouth, c'était plonger dans une piscine pleine de requins.

Malko se tourna vers Gordon Cunningham.

– Quel va être mon prochain rôle ?

C'est Tamir Pardo qui répondit à la place de l'Américain.

– Activer le général Abdallah Al Qadam.

**

Vaste programme, se dit Malko.

– Comment envisagez-vous les choses ?

C'est Gordon Cunningham qui reprit la parole :

– La première méthode serait de réactiver le colonel Ramdane Halab. Nous le « tenons » toujours. Lui peut aller en Syrie sans éveiller l'attention.

– Il faut qu'il accepte, souligna Malko. Ce n'est pas un héros.

– Bien motivé, il peut le devenir, argumenta l'Américain. Il a un avantage : pouvoir probablement avoir accès au général Al Qadam.

Tamir Pardo intervint :

– Ce n'est pas la solution que je privilégierai, coupa-t-il. Il faudrait livrer à ce Syrien des éléments absolument secrets concernant nos méthodes de travail et les preuves que nous détenons contre le général. C'est un risque que mon gouvernement ne voudra pas prendre.

– Alors, que préconisez-vous ? interrogea Gordon Cunningham.

– Je pense que Malko s'est très bien débrouillé jusqu'ici, dit l'Israélien. Je ne crains pas de lui remettre certains documents ultrasecrets.

Malko sentit une désagréable coulée glaciale le long de sa colonne vertébrale.

– Vous voulez que je me rende à Damas ? demanda-t-il.

Tamir Pardo sourit :

– Non, à Moscou.

CHAPITRE XXIII

Malko comprit instantanément. Le Mossad possédait les mêmes informations que la CIA sur le voyage du général Al Qadam en Russie.

– Le général Abdallah Al Qadam va discuter avec Rosoboronexport concernant les livraisons de missiles sol-air de la dernière génération, des S-400, à la Syrie, précisa l'Israélien. Il va y rester plusieurs jours. C'est l'occasion rêvée de le réactiver.

– Moscou, c'est risqué, remarqua Malko. Les Russes me connaissent. Ils vont vouloir savoir ce que je viens y faire.

– Il n'est pas question de le contacter *officiellement*, précisa l'Israélien. Nous l'avons déjà traité dans cette ville avec une de nos OT.

« C'est par elle que vous passerez. Cela limitera beaucoup les risques. Il s'agit d'une journaliste demeurant à Moscou, qui est aussi sa maîtresse.

– Une Russe ?

– Non, une Égyptienne. C'est elle qui le traite depuis longtemps. Je vais caler tout cela et je vous

dirai comment la contacter. Vous rencontrerez le
général chez elle, à son domicile. Les Russes savent
qu'il la voie chaque fois qu'il vient à Moscou.

– Qu'est-ce que je vais lui dire ?

– Ce qu'il a à faire, dit simplement le chef du
Mossad. Besma Naguib lui rappellera les obligations
qu'il a envers nous. Il sait que nous pouvons provoquer sa chute, et probablement aussi, la fin de sa vie
très facilement.

Malko se tourna vers Gordon Cunningham.

– Qu'en pensez-vous ?

– Cela me parait ok, approuva l'Américain. Après
l'affaire des IGLA S[1], les Russes ne sont pas trop mal
disposés à votre égard. On va « habiller » votre séjour
là-bas.

– Et le visa ? demanda Malko.

– Vous ferez un stop à Vienne. Vous l'obtiendrez
là-bas. Notre COS va s'en occuper.

– Je pars quand ?

C'est Tamir Pardo qui répondit à sa place.

– Il faut que vous soyez à Moscou dans trois jours.
Lorsque vous y serez, vous trouverez un message vous
donnant rendez-vous avec Besma Naguib. Il faudra
suivre ses instructions. C'est la correspondante de Al
Ahram là-bas.

Malko salua intérieurement. Les Israéliens étaient
décidément très forts. Le général Omar Souleiman, le
chef du moukhabarat égyptien qui embrassait le

1. SAS *IGLA S*, n° 192.

Mossad sur la bouche, avait dû y être pour quelque chose. Il ne put s'empêcher de remarquer :

– Merci de me faire confiance.

Les Israéliens ne livraient pas facilement leurs agents.

– Je ne vous fais pas confiance, répliqua d'une voix égale Tamir Pardo, nous n'avons par le choix. Nous ne voulons pas des « Frères » à notre frontière nord. Le général Al Qadam est le seul moyen de bloquer les choses.

Après un court silence, l'Israélien conclut :

– Je crois que nous avons dit l'essentiel. Nous nous reverrons à votre retour de Moscou.

*
* *

– Il est revenu ! annonça l'agent syrien qui surveillait le hall du Four Seasons.

Malko venait d'entrer dans le lobby, venant de l'ambassade américaine. De nouveau Beyrouth. Il n'était pas dans sa chambre depuis cinq minutes qu'il eut un appel de Naef Jna.

– Tu es revenue ! dit-elle. J'avais peur de ne pas te revoir. J'aurais été très malheureuse…

Il fut touché, malgré lui, par cette candeur désarmante.

– Nous pouvons nous voir ce soir, proposa-t-il. Je viendrai te chercher à la boutique.

– Non, corrigea-t-elle, viens en bas de chez moi, je veux me changer.

*
* *

Tarak Sahlab avait réuni trois de ses collaborateurs chargés de la surveillance de l'agent de la CIA.

– Il faut arriver à sonoriser sa chambre, suggéra-t-il. Je veux savoir tout ce qu'il fait, connaître tous ceux qu'il rencontre. C'est un ordre de Damas. Cet homme prépare quelque chose contre nous.

– Pourquoi ne pas le liquider ? demanda un des agents. C'est facile.

– Non, il est protégé, armé et sur ses gardes, rétorqua le patron du moukhabarat syrien à Beyrouth. En plus, les FSI veillent sur lui. Pour l'instant, Damas veut qu'il reste vivant.

Il n'avait pas à expliquer pourquoi. En plus, Tarak Sahlab ne savait pas tout. C'est Ali Mamlouk qui, à Damas, possédait tous les éléments du dossier.

*
* *

Naef Jna avait des étoiles dans les yeux. Sans arrêt, sa main se posait sur celle de Malko, se retirant aussitôt comme si elle avait honte. Elle avait une tenue très sage : une robe grise la moulant comme un gant qui, à cause de ses courbes naturelles, transformait pourtant la jeune femme en objet sexuel.

Ils s'étaient installés à une table au fond du restaurant, comme des amoureux timides. Malko éprouva

une drôle d'impression. Il rajeunissait. Naef Jna, visiblement, était sincère. Une femme amoureuse. Cela se
sentait à tous ses gestes. Elle le fixa longuement.

– J'ai envie que tu me fasses l'amour, dit-elle à
voix basse. Rentrons.

Elle n'avait visiblement plus aucune pudeur à
rentrer avec lui au Four Seasons.

Chris Jones et Milton Brabeck suivaient, résignés.
Prêts à se servir de leur artillerie. Ils se séparèrent dans
le lobby, Malko et Naef prenant l'ascenseur.

Dans la chambre, la jeune femme se comporta
comme n'importe quelle femme très amoureuse,
commençant par le prendre dans sa bouche longuement, tout en faisant glisser sa culotte le long de ses
jambes.

Spontanément elle se retourna, à quatre pattes,
offrant à Malko sa croupe.

Malko prit la jeune femme avec délice, profitant de
cette récréation qui n'allait pas durer : le lendemain, il
partait pour Vienne et Moscou.

*
* *

L'aéroport de Cheremetievo était toujours aussi
propre. Cela faisait un drôle d'effet à Malko de se
retrouver à Moscou, où il était quelques mois plus tôt [1].

Le policier de l'Immigration tamponna son passeport avec indifférence. Officiellement, il venait remer-

1. SAS n° 192 *IGLA S.*

cier les autorités russes de leur coopération dans l'affaire IGLA S.

Une voiture de l'ambassade américaine l'attendait. Il avait presque l'impression de revenir chez lui.

Lorsqu'il s'inscrivit à la réception du Kempinski, l'employée lui tendit une enveloppe à son nom.

– Vous avez déjà une invitation !

C'était pour une conférence sur le Moyen-Orient au Club de la Presse étrangère, le soir même. Cela ne pouvait venir que de Besma Naguib, la journaliste égyptienne travaillant pour le Mossad. Les choses étaient enclenchées.

Un soleil radieux brillait sur Moscou après une tempête de neige inattendue qui avait bloqué la ville. En avril, c'était rare.

***

– Il est reparti chez lui, pour Vienne, annonça Tarak Sahlab à Ali Mamlouk sur la ligne protégée.

– Bizarre, remarqua le patron de la Sûreté d'État.

Est-ce qu'il a laissé passer quelque chose ? Du coup, il regrettait d'avoir sauvé la vie de l'agent de la CIA au Caire. On risquait de le lui reprocher. Alors que l'exécution de Talal Abu Saniyeh était une bonne chose.

– Personne ne peut nous renseigner ? s'enquit-il.

– Il ne voit pas grand monde à Beyrouth, à part cette petite salope de vendeuse qui couche avec lui. Mais il ne lui a sûrement rien dit.

– Il faudrait vérifier, proposa Ali Mamlouk. En la secouant un peu.

**

Le Club de la Presse étrangère se trouvait dans un local très soviétique, avec un buffet maigrelet et des boissons qui se résumaient à la vodka et aux jus de fruits. Quelques sandwiches de caviar rouge, des harengs. Ce n'était pas le luxe. Au milieu des correspondants étrangers, grouillaient de faux journalistes russes, envoyés du ministère de l'Intérieur, cherchant des infos et à recruter. Plusieurs salons aux meubles fatigués s'ouvraient sur le bar.

Malko aperçut un panneau indiquant : Conférence sur le Moyen-Orient donnée par madame Besma Naguib.

Il se glissa dans la salle.

Une femme, debout sur un podium, projetait sur un écran installé au fond de la salle des graphiques lumineux pour une vingtaine de personnes.

Une grande et belle femme, au nez important, en tailleur noir, bas noirs, escarpins, la quarantaine plus TVA, une allure sensuelle.

Elle parlait du Printemps arabe à des gens plutôt fascinés par ses jambes.

Malko se joignit aux quelques applaudissements polis qui saluèrent la fin de sa prestation. Les assistants se dispersèrent et il attendit que Besma Naguib descende de son podium pour l'intercepter.

– Bonjour, dit-il en anglais. Je suis Malko Linge. Vous m'avez envoyé une invitation au Kempinski.

Le visage de l'Égyptienne s'éclaira.

– Oui, bien sûr! Merci d'être venu. Allons boire un verre.

Elle le précéda jusqu'au buffet et proposa ensuite d'une voix naturelle :

– Je donne un petit dîner chez moi ce soir, voulez-vous venir? Il y aura des gens intéressants. Voilà mon adresse : Tachinosko 16, appartement 74. Le code de l'immeuble est 6384, troisième étage.

« Vers neuf heures.

* *
*

Le général Abdallah Al Qadam sortit de l'ambassade de Syrie, au 4 Mansurovsky pereulok, où il venait de communiquer à Damas les propositions de Rosoboronexport pour la livraison rapide de S-400 destinés à contrer une éventuelle attaque israélienne contre la Syrie et se glissa dans la Mercedes mise à sa disposition par l'ambassade où il demeurait par mesure de sécurité.

– J'ai un dîner, annonça-t-il au chauffeur syrien parlant russe.

Il lui donna l'adresse et lui expliqua la route, en proie à un double sentiment. D'abord, il était heureux de retrouver Besma Naguib, sa maîtresse par intermittence depuis plusieurs années. Il avait fait sa connaissance en Égypte où il se rendait souvent, l'avait séduite, puis revue souvent un peu partout, dans le monde.

Jusqu'au jour où elle lui avait révélé son appartenance au Mossad et qu'elle était son nouvel Officier Traitant. Cela avait été un coup de massue pour le général syrien, puis il s'était résigné. Sachant que, s'il rompait avec la journaliste, il aurait un autre OT qui ne serait peut-être pas aussi agréable à regarder.

Besma Naguib était une vraie femme qui se comportait comme telle et lui avait juré que, de toute façon, il lui plaisait. Évidemment, il ne demandait qu'à la croire. C'est elle, *quand même*, qui lui avait demandé la liste des agents syriens implantés en Égypte.

Bien sûr, cela n'aidait pas réellement Israël, mais récompensait son meilleur sponsor égyptien, le général Omar Souleiman., le directeur du moukhabarat et proche du Mossad. Renforçant sa réputation d'as du Renseignement.

Rien que pour cette trahison, le général Al Qadam aurait dû être torturé à mort et exécuté. Aussi, à chaque fois que le Syrien rencontrait cette grande et belle femme avec qui il faisait magnifiquement bien l'amour, il se demandait ce qu'elle allait exiger de lui, grâce à son « péché originel ».

La Mercedes s'arrêta devant le 16 Tachinosko. Un quartier d'immeubles sans grâce, d'une vingtaine d'étages, en mauvais état, très soviétique.

Il tapa le code et prit l'ascenseur.

C'est Besma Naguib elle-même qui lui ouvrit. Le général l'étreignit aussitôt, l'embrassant goulument, explorant son corps de toutes les façons.

– J'ai envie de toi ! murmura-t-il. Il y a si longtemps…

Trois mois depuis qu'il ne l'avait pas revue. Elle était venue l'interviewer à Damas et ils en avaient profité pour une rapide étreinte dans son bureau.

Besma Naguib le prit par la main.

– Viens, dit-elle, je t'ai préparé quelque chose dans le salon.

Sur la table basse, il y avait de la vodka, des zakouski, des fruits et du thé dans un samovar. Comme, à peine assis, le Syrien posait la main sur sa cuisse, Besma Naguib l'arrêta.

– Tout à l'heure ! Avant je veux que tu rencontres quelqu'un. Il est venu spécialement à Moscou pour te voir.

– Qu'est-ce qu'il veut ? demanda le Syrien.

– Il te le dira. Je te demande seulement de l'écouter attentivement. C'est comme si c'était moi qui te parle.

Elle n'en dit pas plus.

Abdallah Al Qadam savait qu'elle le tenait par les couilles. Sous sa voix douce perçait la brutalité d'un ordre. Il devait faire ce qu'on allait lui demander. Sinon, sa carrière et sa vie s'arrêtaient. En plus, il ignorait que toutes ses visites à Besma Naguib étaient filmées.

Celle-ci lui versa un verre de vodka qu'il but d'un trait. Lorsqu'il le reposa, il y eut un coup de sonnette.

– C'est lui ! dit la jeune femme. Reste là, je vais ouvrir.

**

Le sourire éblouissant de Besma Naguib donna l'impression à Malko qu'il venait rendre visite à sa maîtresse. L'illusion fut de courte durée. La journaliste égyptienne s'écarta et dit :

– Notre ami est dans le salon.

Lorsqu'ils pénétrèrent dans la pièce, le général syrien se leva, dévisageant Malko avec curiosité. Besma Naguib fit les présentations, mais ne donna aucun nom. Avant de s'éclipser.

Le silence entre les deux hommes ne dura pas longtemps, rompu par Malko.

– Je représente le gouvernement américain, attaqua-t-il. Nous travaillons en liaison avec les amis de Besma. Nous avons besoin de vous.

– Pour quoi faire ? demanda le général syrien, plein de méfiance.

– L'administration américaine veut sauver le régime alaouite, expliqua Malko. La seule façon serait d'éliminer les gens les plus voyants du régime, comme Bachar El Assad et ses proches, pour constituer un gouvernement de transition, afin de calmer l'opinion publique internationale. Le prochain chef de l'État pourrait être l'actuel vice-président.

– Hassan Jawish ? Mais c'est un Chrétien…

– Exactement ce qu'il faut pour « garantir » l'ouverture ! approuva Malko. De toute façon, il n'aura qu'un pouvoir de façade. C'est l'armée, c'est-à-dire vous, qui conservera tous les leviers du pouvoir.

« De cette façon, le régime alaouite retrouvera une seconde vie, permettant de s'inscrire dans la durée.

Il se tut. Le général syrien semblait plongé dans de profondes pensées. Il leva les yeux vers Malko.

– Vous réalisez ce que vous me demandez ?

– Bien sûr, renchérit Malko, mais ce sont les États-Unis qui le demandent, pas moi. Il s'agit d'un virage stratégique qui aura des conséquences à long terme. Bénéfiques pour vous, bien entendu.

– Pourquoi moi ? demanda le Syrien.

Malko esquissa un sourire.

– Parce qu'il s'agit d'une opération très délicate. Qui doit être menée par un homme décidé et disposant d'un grand pouvoir. Vous l'aviez déjà, mais, depuis votre nomination au Comité militaire baassiste, vous pouvez passer par-dessus la tête de gens comme Maher pour donner des ordres.

« Il ne s'agit pas d'une opération compliquée. Vous connaissez Damas mieux que moi.

« Où vit Bachar El Assad en ce moment ? Dans son palais ?

– Non, il s'est replié dans la maison de famille, là où il habite avec sa mère, dans le centre. Il y est protégé par des éléments sûrs de la Garde présiden-tielle.

– Je suppose, demanda Malko, que vous êtes à même de savoir quand il s'y trouve ?

– En effet, admit le général syrien.

Malko chercha son regard et dit calmement :

– Il faut monter une opération commando, brutale et rapide. Je sais que vous disposez des forces capables de le faire. Pour ne pas laisser le temps à d'éventuels partisans d'organiser la résistance. Une fois que le nouveau Président sera proclamé, il sera immédiatement reconnu par les États-Unis. La Grande-Bretagne suivra sûrement.

– Et Maher ? demanda Abdallah Al Qadam.

– Je vous laisse le soin de le gérer.

Un ange passa en se tordant de rire : gérer Maher El Assad, le frère de Bachar, consistait à le réduire en chaleur et en lumière.

Le général syrien semblait abasourdi par la proposition de Malko.

– Vous réalisez qu'il s'agit d'une opération sanglante, répliqua-t-il. En admettant qu'elle réussisse.

– Qui épargnera beaucoup de vies humaines, assura Malko. Et la dislocation de votre pays. Si rien n'est fait, le régime explosera, ou les Alaouites se réfugieront dans le réduit alaouite. Les Frères Musulmans prendront le pouvoir.

« Nous n'avons pas le choix.

Il y eut un nouveau silence.

Prolongé.

Le général Al Qadam semblait avoir reçu un coup sur la tête.

– Il faut que je réfléchisse, biaisa-t-il.

Malko secoua la tête.

– Non. C'est une offre que vous ne pouvez pas refuser. Vous savez pourquoi. Il faut que vous organisiez cette opération. Vite. Et que je puisse vous revoir afin d'en connaître les détails. Où et comment ?

« Je pense que vous ne restez pas longtemps à Moscou.

– La semaine prochaine, je serai à Beyrouth, dit le général syrien. Je dois rencontrer Hassan Nasrallah, le patron du Hezbollah.

– Je peux être aussi à Beyrouth, dit Malko. Je vais vous donner le moyen de me joindre. Je serai à l'hôtel Four Seasons, chambre 10.05.

– Cela sera très difficile, argumenta le Syrien. Même moi, je suis surveillé par le moukhabarat.

– Je sais, dit Malko. Si vous n'arrivez pas à vous débarrasser de cette surveillance, laissez-moi un message sur ce numéro.

Il lui communiqua le numéro de la boîte vocale de Chypre que le Syrien nota sur un petit bloc.

– Attention, recommanda Malko, ce numéro est désormais connu de la Sécurité d'État syrienne, comme étant un relais de la CIA. Si on le trouve sur vous, vous êtes mort.

Heureusement, les Syriens ne possédaient pas le code pour l'interroger.

– Je vais l'apprendre par cœur. C'est tout ?

– C'est tout.

Malko se leva et lui tendit la main.

– Je vous souhaite un bon séjour à Moscou.

Lorsqu'il sortit de la pièce, Besma Naguib surgit dans le couloir et le raccompagna jusqu'à la porte.

Dehors, la nuit était tombée. Malko partit à pied à la recherche d'un taxi. Les dés étaient jetés.

Désormais, tout dépendait du général Al Qadam. De qui aurait-il le plus peur ?

CHAPITRE XXIV

Beyrouth !

Malko regardait défiler les tristes immeubles de la banlieue sud écrasés par un soleil tout neuf. Il avait l'impression d'être parti depuis longtemps : pourtant, quarante-huit heures seulement s'étaient écoulées depuis son départ pour Vienne et Moscou.

Il revoyait le regard halluciné de Talal Abu Saniyeh, le trou noir du canon de son pistolet. La détonation qui lui avait sauvé la vie claquait encore dans ses oreilles. Il avait envie de décompresser, d'oublier toute cette noirceur. Désormais, il n'avait plus qu'à attendre la décision du général Al Qadam.

S'il faisait quelque chose.

Chris Jones se tourna vers lui.

– Qu'est-ce qu'on fait ? On commence à s'ennuyer.

– On attend ! dit Malko. Comme moi. Mais, ouvrez l'œil, il y a beaucoup de gens qui ne me veulent pas de bien, ici.

– Y a qu'à nous les montrer, grommela Milton Brabeck à l'arrière. On va les « traiter ».

– Hélas, soupira Malko, je ne les connais pas.

Pas plus qu'il ne connaissait l'homme qui lui avait sauvé la vie au Caire, en abattant Talal Abu Saniyeh.

Son portable sonna.

Mitt Rawley.

– Je suis déjà au Four Seasons, annonça-t-il, ça vous évitera de venir à Al Akwar.

Évidemment, le chef de Station de la CIA avait hâte de savoir ce qui s'était passé à Moscou.

À peine raccroché, un nouveau numéro s'afficha : Naef Jna. Malko fut heureux d'entendre sa voix.

– On peut se voir ? demanda la jeune femme. J'ai des choses à te dire.

Il y avait une certaine tension dans sa voix qui éveilla sa méfiance. Qu'est-ce qui se passait de ce côté-là ?

– On va dîner ensemble, proposa-t-il.

Mitt Rawley attendait tout au fond du lounge, avec deux « baby-sitters », à côté du chariot de pâtisseries.

– Alors, demanda-t-il, vous l'avez vu ?

– Tout s'est bien passé, assura Malko.

L'Américain écouta son récit avec attention, et conclut :

– Donc, à travers cette Besma Naguib, les *Schlomos* savent exactement où on en est ?

– C'est évident, reconnut Malko. Ça vous gêne ?

– Je suis obligé de le dire à Langley. J'espère qu'ils ne nous préparent pas une manip. Quand le voyez-vous ici ?

– Je n'en sais rien, avoua Malko. Je ne vois même pas comment on va procéder. C'est comme avec Mohammed Makhlouf, il sera sûrement entouré. Vous savez comment ça s'est terminé.

– Je sais, reconnut sombrement l'Américain. C'est à lui de voir ce qu'il organise.

– Des nouvelles de Syrie ?

– Ça se calme, mais la situation demeure explosive. Maintenant que je vous ai vu, je vais contacter Tamir, il a souvent des infos sur ce qui se passe là-bas. Vous n'avez encore eu aucune alerte depuis votre arrivée ?

Malko sourit. Un peu crispé, quand même.

– Je ne suis là que depuis une heure…

Cela ne dérida par l'Américain.

– Ce qui s'est passé au Caire prouve qu'on voulait vous tuer. Or, nous ignorons si « on » a changé d'avis. Ne lâchez pas vos « baby-sitters ».

« Vous avez donné à Al Qadam le numéro de Chypre ?

– Oui.

Mitt Rawley termina son fraisier et conclut :

– Très bien, il n'y a plus qu'à prier. *Take care.*

***

Ali Mamlouk feuilletait le dossier Malko Linge, perplexe et inquiet. Ses " sources " de Beyrouth venaient de lui apprendre le retour de l'agent de la CIA à Beyrouth.

Pourquoi était-il revenu ?

Il n'y avait qu'une raison possible, avec ce qu'il savait. La tentative de déstabilisation de Bachar El Assad continuait et Malko Linge était revenu à Beyrouth pour y veiller. Le problème était qu'il ignorait totalement en quoi elle consistait.

Ali Douba avait été enterré avec tous les honneurs dus à son rang et on n'y pensait même plus. Ali Mamlouk ignorait qui l'avait remplacé au Comité militaire baassiste et n'avait pas cherché à le savoir, ayant d'autres chats à fouetter.

Talal Abu Saniyeh mort, son assassin exfiltré d'Égypte, c'était un cas réglé. Il restait une inconnue. Pourquoi les Israéliens avaient-ils voulu faire passer aux yeux de Talal Abu Saniyeh Malko Linge pour un agent du Mossad ?

Eux seuls connaissaient la réponse.

Il appela l'ambassade de Syrie à Beyrouth. Il fallait relancer la surveillance autour de Malko Linge. Il finirait bien par commettre une imprudence.

*
* *

La peau de Naef Jna était douce comme le miel. Depuis qu'elle était venue rejoindre Malko, ils n'avaient parlé de rien d'important, veillés par les « baby-sitters ».

En rentrant, elle et Malko s'étaient déshabillés et avaient commencé à flirter.

– Je suis heureuse de te retrouver, dit la jeune femme.

Elle laissait ses mains courir sur lui, un peu partout, l'effleurant avec délicatesse, comme si elle avait peur de le casser. Puis ses doigts s'attardèrent sur son ventre, commencèrent à tourner autour de son sexe au repos, le frôlant, jusqu'à ce qu'il prenne de la consistance.

Aussitôt, elle le prit dans sa bouche. Malko ferma les yeux, se laissant grandir sous la bouche habile. Soudain, celle-ci se retira. Le sexe ne resta pas longtemps à l'air libre. Le saisissant fermement à sa base, Naef le maintient dans la position verticale tandis qu'elle se laissait tomber sur lui, s'empalant doucement.

Elle en profita quelques instants puis fit ressortir le sexe et se déplaça un peu.

Lorsque Malko sentit la chaleur du sphincter encore fermé, il soupira de plaisir.

Cette fois, Naef s'empala sur lui plus brutalement, comme si elle voulait croire qu'elle se faisait violer.

Cependant la position ne comblait pas Malko. Il se dégagea et poussa en avant la jeune femme. Lorsqu'elle fut aplatie sur le lit, il donna cours à un de ses vieux fantasmes, s'enfonçant verticalement dans la croupe élastique.

Étant donné sa courbure incroyable, c'était un plaisir des Dieux…

Brutalement, il se rendit compte que Naef Jna avait pris une place bizarre et inattendue dans sa vie. Il la sentait totalement désintéressée : c'était juste le premier homme de sa vie et elle réagissait comme toute jeune fille avec son premier amant.

Il se mit à perforer sa croupe de plus en plus vite.

Soudain, il sentit son sexe saisi comme dans une main invisible. Naef utilisait ses muscles de sa muqueuse la plus secrète pour accélérer son plaisir.

Elle râlait à petits coups et murmura :

– Tu me sens !

Malko ne put pas répondre, submergé par une vague de plaisir. Il hurla, collé à cette croupe merveilleuse tandis que Naef explosait sous lui.

C'était des retrouvailles heureuses.

Ce n'est que plus tard que Naef, en train de fumer une cigarette, dit à Malko :

– J'ai eu une visite curieuse à la boutique. Farid, le veuf de Farah Nassar. Officiellement, il venait pour savoir comment je me débrouillais. Mais il avait une attitude bizarre. D'abord, j'ai cru qu'il venait me draguer. Il m'a forcée à fermer la bijouterie pour aller boire un verre à côté.

« Après, il a commencé à me poser des tas de questions sur ma vie. Pour me demander si je t'avais revu.

– Qu'as-tu dit ? demanda Malko.

– J'ai dit « non ». Mais il n'avait pas l'air de me croire. Comme s'il avait des informations. Il a fait des allusions et je me suis demandé s'il n'allait pas me faire chanter avec mes parents.

« Comme je ne parlais toujours pas, il m'a mise en garde contre toi, disant que tu étais un personnage dangereux, un espion au service d'on ne savait pas qui. Il ne voulait pas qu'il m'arrive quelque chose.

« Il m'a fait peur. »

La libido de Malko s'était brusquement rendormie. Cette visite n'était pas innocente. Le veuf de Farah Nassar n'avait pas pris cette initiative tout seul. Elle lui avait été soufflée par le Hezbollah ou les Syriens. Donc, la guerre recommençait.

– Continue à te taire, conseilla-t-il. Je vais voir ce qu'on peut faire pour désamorcer cette affaire. De toute façon, tu as mon portable. S'il arrive quelque chose, tu appelles immédiatement.

– Tout se passera bien ! affirma la jeune femme en le reprenant dans ses bras et en recommençant à le caresser. Fais-moi encore l'amour.

*
* *

Abdallah Al Qadam dînait à l'Elissar, dans le quartier de Bab Touma, avec sa femme et deux de ses filles. La Présidence avait fait passer des consignes et les restaurants s'étaient à nouveau remplis à Damas. Pour montrer que tout était normal.

– Ça ne va pas ? demanda Nahad, sa femme.

Le général syrien paraissait encore plus massif que d'habitude. Un monument. Chez lui, il n'y avait pas que de la graisse. Malgré son cou de taureau, sa carrure de docker, boudinée dans une veste de cuir, on devinait une masse musculaire puissante. Les poils noirs qui couvraient le dessus de ses mains accentuaient son côté bestial.

Les cheveux noirs bien peignés dégageant le côté de la tête, la moustache filant vers le bas, la mâchoire massive, carrée, et les énormes sourcils, donnaient à son visage un aspect nettement rébarbatif.

Sa femme le regarda : les coins de sa bouche tirés vers le bas, il dévorait machinalement des mézès, parlant peu.

— Tu as des problèmes ? demanda-t-elle.

Abdallah Al Qadam se força à sourire.

— Non, je suis fatigué. À Moscou, j'ai eu beaucoup de gens à voir et puis les Russes boivent trop.

— Repose-toi, conseilla-t-elle, tu ne dors pas assez.

Elle ignorait tout de sa nouvelle appartenance au Comité militaire baassiste. D'ailleurs, il lui parlait peu de sa vie professionnelle.

Un groupe s'installait à la table voisine. Deux femmes âgées et « bâchées » accompagnées d'un homme qui vint le saluer respectueusement, lui murmurant quelques mots à l'oreille.

Le général syrien repoussa son assiette et aussitôt un garçon lui apporta une « chicha », l'alluma et la lui tendit. Le général avait des plaisirs simples.

Les yeux mi-clos, il se mit à aspirer la fumée. Si sa femme avait connu ses pensées, elle se serait enfuie jusqu'à Beyrouth…

Depuis son retour de Russie, le général Al Qadam n'arrivait pas à trouver le repos. Il avait même oublié les moments agréables où Besma Naguib, à cheval sur son corps massif, s'empalait comme une cavale, tandis qu'il la tenait seulement par les seins. C'était la façon dont il préférait faire l'amour. Pour les autres positions, il avait du mal à déplacer son corps massif.

La silhouette de l'homme blond qu'il avait rencontré dans le salon de Besma Naguib flottait devant ses yeux. C'était l'image de la Mort. Ce que les Israéliens exigeaient de lui impliquait un risque mortel. Il était bien placé pour savoir que la famille El Assad guettait le plus petit signe de trahison pour frapper.

On disait que Mohammed Makhlouf avait été empoisonné sur leur ordre. C'était pourtant un fidèle entre les fidèles. Seulement, on était en guerre et le passé ne pesait guère quand il fallait éliminer un risque.

Le général Abdallah Al Qadam était *aussi* un pilier du régime.

Cela ne le sauverait pas si on le soupçonnait du moindre acte anti-Assad.

Bien sûr, il avait une solution : s'enfuir à l'étranger, en Israël par exemple. Ils l'accueilleraient à bras ouverts. Seulement, il était né et avait vécu en Syrie, il n'avait pas envie de changer de vie et encore moins d'aller vivre en Israël, alors qu'il détestait les Israéliens.

L'Histoire apprenait que les traîtres qui changeaient de pays avaient toujours, ensuite, une vie misérable, même s'ils étaient couverts d'honneurs par ceux pour qui ils avaient trahi.

Antony Burgess, le traître britannique du MI6, avait vécu une triste fin de vie à Moscou, noyant sa nostalgie dans le Scotch.

Le général syrien avait évidemment une solution : ne rien faire. Seulement, dans ce cas, il allumait la mèche d'une machine infernale qui lui exploserait au visage brutalement et ne lui laisserait aucune chance de s'en sortir.

Les Israéliens, c'était de la férocité pure. S'il n'obéissait pas, ils communiqueraient à Damas au moins une partie de ce qu'ils avaient sur lui.

Rien que la liste des agents syriens en Égypte communiquée à Israël suffisait à le faire couper en morceaux. Sa famille serait détruite et lui finirait dans des circonstances qu'il n'osait même pas imaginer, tout en les connaissant parfaitement. Donc il lui restait à s'exécuter.

À assassiner Bachar El Assad et ceux des membres de sa famille qui seraient en sa compagnie, y compris sa mère.

Il n'y avait aucun frein moral pour le général syrien. Les Assad n'avaient jamais eu d'amis, n'ayant que des complices. Tout était régi par des rapports de force.

Il se mit à réfléchir à ce qu'il pouvait faire. Il disposait d'une demi-brigade intégrée avec des blindés légers, des hommes dont l'encadrement venait du même village que lui, des soldats qui obéiraient au doigt et à l'œil. Ils ne posaient jamais de questions quand il s'agissait de liquider quelqu'un.

Le seul hic était la protection de la maison des El Assad, assurée par une unité de la Garde présidentielle sous les ordres de Maher, le frère de Bachar.

Il n'était pas question d'engager une bataille rangée avec eux, en plein Damas. Bachar El Assad aurait le temps d'appeler au secours.

Avant la nomination du général Al Qadam au Comité militaire baassiste, c'était un problème sans solution. Désormais, il savait que, s'il se présentait au commandant de cette unité en prétextant qu'il venait le remplacer pour des raisons de sécurité, l'autre serait forcé d'obéir.

Ensuite, il s'agissait d'agir vite : tout devait être terminé en quelques minutes. Lui-même mettrait la main à la pâte. Évitant à ses hommes le traumatisme d'avoir à tirer sur le Président.

Le reste serait relativement facile. Même si Maher faisait de la résistance, cela ajouterait à son crédit de « candidat du changement ».

Une fois le vice-président nommé Président, si les Américains tenaient leurs promesses, tout devrait se passer comme sur des roulettes. Le peuple syrien serait enchanté de retrouver la paix.

D'autant que la situation s'aggravait. La veille, deux véhicules piégés avaient explosé à Damas, avec chacun une tonne d'explosifs.

L'un devant le QG du Moukhabarat Al Ascariya dans le quartier de Qazzaz, l'autre sur l'autoroute menant à l'aéroport.

Le tout provoquant 57 morts et 372 blessés.

Ces deux attentats étaient l'œuvre du groupe sala-
fiste Jubhaf Al Nusra, filiale d'Al Qaida, venu au
secours des Frères musulmans syriens. Grâce à la
porosité de la frontière avec l'Irak, les djihadistes
pouvaient facilement s'infiltrer en Syrie avec leurs
explosifs. Ce qui n'était pas rassurant pour l'avenir.

– Tu dors ?

La question de sa femme interrompit ses réflexions.
Il rouvrit les yeux : l'Elissar était presque vide. Il
s'ébroua et posa sa chicha. Il fallait redescendre sur
terre. Quand ils le virent se lever, les quatre hommes
de son escorte sécurisèrent la sortie.

Les trois véhicules de son convoi attendaient devant
le restaurant. Il s'engouffra dans la Mercedes 600
blindée et recommença aussitôt à réfléchir. Sa décision était prise, il était le dos au mur.

Il allait obéir aux Américains.

Tandis qu'il roulait vers chez lui, il pensa à une
solution et se tourna vers sa femme.

– Je dois aller à Beyrouth dans deux jours, dit-il.
Tu pourrais venir avec moi, il y a longtemps que tu
n'as pas vu ta sœur.

Sa sœur, mariée à un Libanais, vivait au Liban.

– C'est une bonne idée, approuva Nahad.

Abdallah était un mari attentionné.

– En plus, continua celui-ci, tu peux rester là-bas
quelques jours, ce sont les vacances scolaires, emmène
les filles. Moi, je dois effectuer des allers-retours.

De cette façon, si les choses tournaient mal, sa
famille serait relativement à l'abri.

CHAPITRE XXV

— Ce n'est pas le Hezbollah, fit à voix basse Mourad Trabulsi.

La veille, Malko lui avait demandé de se renseigner sur le rôle du veuf de Farah Nassar. Qui lui avait donné l'ordre de rendre visite à Naef Jna et à chercher à lui tirer les vers du nez concernant Malko ?

— Qui, alors ? interrogea Malko.

Le général libanais eut un geste évasif.

— Il n'y a que les Syriens.

— Il est bien avec eux ?

— Bien entendu, c'est un membre du PSP. Il va souvent à Damas où il possède deux bijouteries et où il achète de l'or. Il y rencontre aussi des moukhabarats.

— C'est inquiétant, remarqua Malko.

Mourad Trabulsi secoua la tête.

— Non, ils cherchent à savoir. Qu'est-ce qu'elle pourrait leur dire ?

— Rien, reconnut Malko. C'est une relation strictement personnelle. Naef Jna sait seulement que je suis un agent de renseignement, mais elle ignore même pour qui je travaille.

Le général libanais laissa éclater son rire habituel.

– Alors, dormez sur vos deux oreilles et profitez bien de cette jeune personne qui a l'air charmante.

– Le Hezbollah sait que vous me voyez ? interrogea Malko.

Nouveau rire.

– Ils ne me l'ont pas dit.

Mourad Trabulsi était vraiment un spécialiste du double et triple jeu. Et le Hezbollah préservait l'avenir.

*
* *

Malko regarda la mer d'un bleu irréel. C'était aujourd'hui que le général Al Qadam devait arriver à Beyrouth. Il n'avait eu aucune nouvelle de lui depuis Moscou et testait régulièrement la boîte vocale de Chypre. Tout en sachant que le Syrien ne prendrait pas le risque de l'appeler de Damas. Même de Beyrouth, c'était risqué.

La sonnerie du portable le fit sursauter.

Mitt Rawley.

– Il est arrivé tout à l'heure ! annonça-t-il. Nos amis du FSI me l'ont signalé. Il voyage avec sa femme et deux de ses filles. Lui a été s'installer directement à l'ambassade syrienne, à Baabda, et son épouse à Raouché dans l'appartement de sa sœur qui vit ici, mariée à un Libanais.

Donc, le plan se déroulait comme prévu.

– Je n'ai pas encore de nouvelles, dit Malko. Les FSI les surveillent ?

– Pas vraiment. Ils vont sûrement mettre l'appartement de la sœur sur écoutes. Lui, on n'y touche pas. D'ailleurs, il vient sûrement prendre des contacts politiques.

– Vous prévenez les *Schlomos* ?

– Ils le savent sûrement déjà.

Ali Mamlouk attendait patiemment d'être reçu par Maher El Assad. Il avait échafaudé un plan pour avancer sur l'histoire Malko Linge, mais il avait besoin du feu vert de son chef pour le déclencher.

Le numéro deux du régime arriva enfin en coup de vent dans son bureau. Il était harcelé par ses commandants d'unités qui se plaignaient d'être obligés de bouger leurs chars sans arrêt, à cause du « plan de paix » de Kofi Annan. Il fallait faire croire à un véritable cessez-le-feu.

– Tu as avancé ? jeta-t-il à Ali Mamlouk.

– J'ai une idée, proposa le chef de la Sécurité d'État. Ce n'est pas efficace à cent pour cent, mais c'est mieux que rien.

Maher El Assad l'écouta attentivement puis alluma un cigare.

– Ce n'est pas une mauvaise idée ! reconnut-il. Et les risques sont négligeables. Mais a-t-on une chance d'obtenir des résultats ?

– Je n'en sais rien encore, reconnut Ali Mamlouk.

290 LE CHEMIN DE DAMAS

Cela dépend de beaucoup d'éléments que je ne possède pas. Il faudrait avancer pour en savoir plus.

Maher El Assad ne semblait pas vraiment convaincu.

– Je crains que l'on n'obtienne pas grand-chose, laissa-t-il tomber, mais vas-y.

***

– Chris, demanda Malko, pouvez-vous aller chercher Naef Jna à sa boutique, rue Verdun? Vous connaissez, n'est-ce pas? Moi, je dois rester ici, parce que Mitt Rawley passe à l'hôtel.

Le « gorille » ne protesta pas. Après tout, Milton Brabeck demeurait là pour veiller sur Malko.

Effectivement, un quart d'heure plus tard, le chef de Station de la CIA débarqua à l'hôtel.

– Les FSI me disent que Al Qadam est venu voir Hassan Nasrallah, annonça-t-il. C'est ce que leur a appris une de leurs sources Hezbollah. C'est vraisemblable.

« Il ne vous a pas laissé de message sur la boîte vocale ?

– Pas encore, dit Malko. Je la checke toutes les deux heures. À Beyrouth, le contact va être délicat, s'il y a contact. Les Israéliens se font peut-être des illusions.

– On va le savoir très vite, conclut l'Américain.

Il était encore là lorsque Chris Jones réapparut. Seul.

– La bijouterie était fermée et la fille n'était pas là, annonça-t-il.

Malko ne s'inquiéta pas.

– Elle a dû aller faire une course. Merci, Chris.

Il n'était que sept heures et demie. Naef Jna devait le retrouver pour dîner vers neuf heures. Il remonta tester la boîte vocale de Chypre.

* * *

Le portable de Naef Jna ne répondait pas. Malko l'avait essayé plusieurs fois, laissant deux messages. Il regarda sa montre : dix heures moins le quart. Le silence de la jeune Libanaise était inquiétant, bizarre. Il rappela la boutique tombant sur un répondeur commercial. Or, il n'avait aucun numéro pour elle que son portable.

Du coup, il était cloué à l'hôtel, mais, d'ailleurs, n'avait pas faim. Que pouvait-il être arrivé à la jeune femme ?

Il s'efforçait de s'intéresser à Al Jezirah en anglais lorsque la ligne fixe sonna. C'était un employé de l'hôtel.

– On vient de déposer une enveloppe pour vous à la réception, annonça-t-il. Voulez vous qu'on la monte dans votre chambre ?

– Bien sûr, dit Malko.

C'était une grande enveloppe sans aucun signe extérieur. Il l'ouvrit et son pouls grimpa au ciel.

La photo, un polaroid, représentait une femme assise sur une chaise, les mains liées derrière le dos. Ses traits étaient tirés, son regard absent. Mais, surtout, elle avait sur la tête une sorte de grosse boule, de la taille d'une boule de billard. Coincée contre ses cheveux par ce qui devait être une bande élastique.

Une grenade défensive américaine, une sale petite boule ronde et noire. Une ficelle avait été attachée à sa goupille, pendant sur l'épaule gauche de la prisonnière. Il suffisait de tirer pour armer la grenade qui exploserait quelques secondes plus tard, en décapitant la jeune femme.

Naef Jna semblait assez assommée, le regard absent.

Malko reposa la photo, choqué. Il s'attendait à tout, sauf à cela ! Certes, la jeune Libanaise était une compagne agréable, mais c'était quand même, du moins de sa part, une relation superficielle.

Même si elle semblait sincèrement amoureuse de lui.

Son premier réflexe fut d'appeler Mitt Rawley, puis il se ravisa. L'Américain ne pouvait rien faire pour lui, et son seul conseil à Malko serait de ne pas réagir, quitte à ce que la jeune femme ait la tête arrachée par l'explosion de la grenade…

À la CIA, on ne se préoccupait pas trop des « civils ».

En plus, il avait le temps. Cette photo n'était qu'un avertissement, une amorce de dialogue. Pour obtenir quelque chose de Malko.

Il y aurait une suite.

Il décida de ne pas réagir immédiatement, mit la photo dans le petit coffre de sa chambre et essaya de trouver le sommeil. Sans avoir dîné, mais il n'avait plus faim. Il ne pouvait s'empêcher de penser à Naef Jna, totalement innocente, qui se retrouvait à son corps défendant, plongée dans l'horreur et en danger de mort.

Indirectement à cause de lui.

*
* *

C'est la voix joviale de Mourad Tabulsi qui le réveilla.

– Mon cher ami, je viens prendre mon breakfast à la Marina en face de chez vous. Vous me rejoignez ?

Une offre complètement inhabituelle, mais Malko sentit immédiatement qu'il y avait une raison cachée à cette invitation.

– Je serai là dans un quart d'heure, annonça-t-il.

Toujours aucune nouvelle de Naef Jna, mais il savait qu'il n'en aurait plus. Il appela quand même la boîte vocale de Chypre et n'y trouva rien.

Cinq minutes plus tard, flanqué de Chris Jones et Milton Brabeck, il descendait le grand escalier menant aux cafés de la Marina.

Mourad Trabulsi, seul à une table, lui adressa un signe joyeux. Il faisait un temps radieux et des gosses couraient partout. Les Libanais commençaient à profiter du printemps.

Le général libanais attendit que Malko ait commandé un double expresso pour laisser tomber :

– J'ai un message pour vous.

À cause de ses lunettes noires enveloppantes, impossible de voir son expression.

– À propos de quoi ? demanda Malko.

– Je ne sais pas, avoua Mourad Trabulsi. On m'a seulement demandé de vous emmener voir quelqu'un qui veut vous parler.

– Qui ?

Mourad Trabulsi hésita :

– Je ne suis pas autorisé à vous dire son nom. Je vous emmène chez lui, je vous attends et je vous reprends, c'est tout. C'est un service que je rends à quelqu'un qui m'en a rendu beaucoup. Je suis strictement neutre et, lui aussi, je crois.

– Quand doit avoir lieu ce rendez-vous ?

– Maintenant, si vous voulez.

– Bien, je préviens Chris et Milton.

– Qu'ils vous attendent ici. Je réponds de votre sécurité, assura Mourad Trabulsi. Il n'y en aura pas pour longtemps. Ma voiture est au parking.

Malko alla prévenir ses « baby-sitters » et eut toutes les peines du monde à les convaincre de rester au soleil. Il avait l'estomac noué en montant dans la vieille Mercedes de Mourad Trabulsi. Ce mystérieux rendez-vous ne pouvait que concerner Naef Jna.

Ils contournèrent le Phoenicia, puis remontèrent la Corniche, traversant le quartier de Raouché, pour prendre la route du sud.

Juste avant d'arriver à l'hôtel Summerland, en travaux, Mourad Trabulsi tourna dans une rue sur la gauche et stoppa en face de l'ambassade l'Algérie, devant un petit immeuble, gardé par plusieurs hommes armés.

Visiblement, on les attendait, car un homme se précipita pour les accompagner jusqu'à l'ascenseur.

Arrivé au premier étage, Mourad Trabulsi sourit à Malko.

– C'est la porte en face. Je vous attends en bas.

Malko n'eut même pas à sonner. Le battant s'ouvrait déjà sur une femme âgée, la tête couverte d'un foulard. Sans un mot, elle lui fit traverser un petit appartement, jusqu'à un salon-alcôve donnant sur les grues du chantier, avec la mer au fond.

Un homme en djellaba marron, portant des lunettes sans montures, l'air intelligent, se leva et lui tendit la main.

– Café, thé ? demanda-t-il en parfait anglais.

– Café, choisit Malko.

Cet inconnu était celui qui était venu le chercher dans le camp palestinien d'Ahmed Jubril, pour lui éviter d'être exfiltré en Syrie.

Quand la servante eut apporté les boissons, son hôte ne perdit pas de temps.

– Monsieur Linge, dit-il, des amis m'ont chargé d'une mission de bons offices, si l'on peut dire.

– Quels amis ?

– Je ne peux pas vous donner plus de détails. Ces gens ont confiance en moi, et j'espère que vous ferez

de même. Mon rôle est simple. Je veux éviter un drame
grâce à une médiation qui sera acceptée par les deux
parties.

– Il s'agit de Naef Jna ? demanda Malko. Elle a été
kidnappée et j'ai reçu une photo d'elle qui montrerait
qu'elle est en danger de mort.

L'interlocuteur de Malko ne répondit pas directement à la question.

– Voilà ce que je suis chargé de vous dire, fit-il.
Vous détenez des informations vitales pour les gens
qui m'ont contacté. Eux ont, disons, un gage…

– Une otage, corrigea sèchement Malko.

Son interlocuteur ne releva pas, mais enchaîna :

– Ils sont prêts à rendre ce gage contre les informations dont ils ont besoin. Je suis garant de l'accord et
je sais qu'ils tiendront leur promesse.

« Je ne peux rien vous dire de plus.

« Ils vous donnent quarante-huit heures pour leur
donner une réponse. Je vais vous communiquer un
numéro de portable que vous pouvez appeler à
n'importe quelle heure, c'est moi qui répondrai. Ce
numéro sera déconnecté dans deux jours. Ce qui signi-
fiera que ma médiation n'a pas fonctionné. Et que je
ne garantis plus rien.

« Ne cherchez pas à me contacter, cela serait inutile.
Vous êtes parfaitement libre de ne pas donner suite à
cette offre. Je ne vous relancerai pas. Je ne suis intervenu que pour éviter une solution désagréable.

Il vida son petit café turc d'un trait et se leva. Il était

de petite taille, le visage marqué, l'air extrêmement intelligent.

Il raccompagna Malko jusqu'à la porte et lui serra la main.

Mourad Trabulsi était en bas, en train de bavarder avec des gardes du corps.

Ils repartirent immédiatement, remontant vers le centre. Le Libanais ne posa aucune question et Malko n'avait pas envie de parler.

Chris Jones et Milton Brabeck poussèrent un soupir de soulagement en le revoyant.

– On commençait à se faire du mauvais sang ! pouffa Chris Jones. Seulement, on ne savait pas où aller vous chercher.

– Je n'étais pas en danger, affirma Malko.

Il remonta à l'hôtel. Perturbé. Désormais, les choses étaient simples. La vie de Naef Jna était entre ses mains. Les Syriens avaient trouvé un moyen de faire pression sur lui. Classique en Orient.

L'otage.

S'il ne réagissait pas, la prochaine photo de Naef Jna qu'il recevrait n'aurait pas de tête…

Les Syriens devaient le croire plus attaché à la jeune femme qu'il ne l'était. Ce qui ne changeait rien pour lui. Il était seul avec lui-même : c'était une question d'éthique. S'il continuait sa mission sans tenir compte de ce kidnapping, Naef Jna mourrait.

Lui seul pouvait la sauver, en sabotant le plan d'action de la CIA.

Un dilemme qu'il était le seul à pouvoir trancher.

Seul. S'il en parlait à Mitt Rawley, la réaction de l'Américain ne faisait aucun doute. La jeune Libanaise serait sacrifiée.

Tout reposait sur Malko.

À première vue, c'était un dilemme déséquilibré. Une vie contre un coup d'État qui pouvait changer le rapport des forces politiques dans la région.

Dans l'éthique de Malko, c'était un peu différent. Il se sentait pleinement responsable de la vie de Naef Jna. Quelque chose qu'il aurait du mal à expliquer à Mitt Rawley.

Pour évacuer provisoirement le problème, il appela la boîte vocale de Chypre.

Son pouls grimpa au ciel en entendant une voix qu'il reconnut tout de suite comme celle du général Al Qadam. C'était un message court, en anglais :

« Allez, aujourd'hui, au magasin Aishti de l'hôtel Phoenicia, à trois heures. Il y aura à la caisse une enveloppe pour vous, au nom de Farid. »

Malko écouta deux fois le message.

Ainsi, la dernière phase de l'opération Phœnix était engagée.

Il allait le savoir très vite.

Ensuite, ce serait à lui de trancher.

CHAPITRE XXVI

Nahad Al Qadam pénétra dans la grande boutique de Aishti, nichée en haut de l'escalator de l'hôtel Phoenicia, le cœur en fête. Elle adorait ce magasin, si différent de ce qu'il y avait à Damas. On y trouvait les plus belles robes du Moyen-Orient et toutes les « cheikhas » du Golfe y venaient faire leurs emplettes.

Ses deux filles, Wafa et Mada, ouvraient des yeux émerveillés.

Plusieurs vendeuses se précipitèrent, flairant la bonne cliente. Nahad Al Qadam venait régulièrement.

Après avoir inspecté la boutique d'un coup d'œil, le garde du corps affecté par son mari ressortit et s'installa sur une banquette, à l'extérieur, surveillant l'entrée. La femme du général Al Qadam était parfaitement en sécurité. C'eut été déplacé d'observer ses essayages…

Les vendeuses commençaient à étaler leurs robes, attaquant les deux jeunes filles, proies faciles. Il y avait peu de clientes et les cabines d'essayage étaient libres.

Pendant une heure, les trois femmes se succédèrent dans les cabines. Nahad Al Qadam était un peu grisée. Elle aimait toujours son mari et se voyait déjà à son bras dans le prochain dîner élégant à Damas.

Elle s'arrêta à 27.000 dollars.

Tandis que la caissière prenait sa carte Amex Platinium, elle lui tendit une enveloppe et dit d'un ton naturel :

– Un ami devait me joindre. Il est en retard. Pouvez-vous lui donner cette enveloppe lorsqu'il viendra.

Elle lui tendit une enveloppe cachetée marquée Farid.

Bien entendu, la caissière la rangea devant elle, assurant qu'elle serait remise en mains propres. Se disant que c'était sûrement un mot pour l'amant de Nahad Al Qadam. À Beyrouth, toutes les femmes avaient des amants.

Naef Jna ignorait totalement où elle se trouvait. Deux hommes l'avaient encerclée à la sortie de la bijouterie, l'entraînant dans une voiture et lui bandant aussitôt les yeux.

Ils avaient roulé une demi-heure environ et elle s'était retrouvée dans un sous-sol meublé uniquement d'un lit, de toilettes et d'une table. C'est là que l'on avait fait la photo avec la grenade attachée à sa tête. Ensuite, on la lui avait enlevée, la laissant seule dans la pièce. Ceux qui la gardaient ne lui avaient pas adressé la parole, ne répondant même pas à ses questions.

Elle n'avait pas été menacée, simplement l'épisode de la grenade montrait que ce n'était pas une plaisanterie. Bien sûr, elle avait très vite compris que ce kidnapping avait à voir avec son amant, Malko Linge. Sans savoir pourquoi.

Bizarrement, elle n'avait pas trop peur, s'angoissant plutôt pour ses parents qui devaient se demander ce qu'elle était devenue.

On la nourrissait : des mézès, du poisson, des sodas. Le silence était absolu.

Le pire, c'était l'inaction. Elle s'allongeait sur son lit les yeux au plafond et rêvait à l'homme qu'elle aimait.

N'arrivant même pas à lui en vouloir.

Malko poussa la porte du magasin Aishti à trois heures pile. Le cœur battant. La boutique était vide, à part les vendeuses, et il se dirigea directement vers la caisse, arborant son plus beau sourire, et demanda :

– On a dû vous laisser une enveloppe pour moi, au nom de Farid.

La caissière l'enveloppa d'un regard intéressé.

– Bien sûr, dit-elle, sortant l'enveloppe et la lui tendant.

Ainsi, c'était lui l'amant de Nahad Al Qadam. Elle se dit qu'elle avait bon goût et lui expédia quand même un regard brûlant.

Hélas, « Farid » avait empoché l'enveloppe et marchait déjà vers la porte.

Elle le vit gagner le salon de thé qui occupait tout le lobby et s'installer près du bar dans un fauteuil.

Malko avait le pouls en folie lorsqu'il décacheta l'enveloppe. Elle ne contenait qu'une feuille de papier avec, écrit en lettres capitales quelques mots :

« Nuit de vendredi à samedi. MECKÉ. »

Il regarda longuement le papier. Mecké, c'était le quartier où se trouvait la propriété des El Assad. Où Bachar, sa femme et sa fille habitaient, pour le moment.

En Syrie, le week-end s'étalait du vendredi au samedi inclus.

Tout était donc cohérent.

Le général Al Qadam avait décidé de faire son coup dans deux jours.

Malko replia le papier et le mit dans sa poche. Il avait désormais tous les éléments de sa décision.

Normalement, la première chose à faire était d'avertir Mitt Rawley. Qui allait bondir de joie. Et de ne pas appeler le numéro de portable donné par l'ami de Mourad Trabulsi.

Malko n'hésita que très peu. Passant en revue les éléments du problème. Pour l'instant, il voulait garder toutes les options ouvertes. Et ne prendre aucun risque pour lui-même. La CIA avait évidemment accès à la boîte vocale de Chypre. Donc, il lui était impossible de ne pas mentionner le message du général syrien.

Ensuite, il était le seul à savoir s'il avait récupéré l'enveloppe.

Il se força à descendre après avoir téléphoné à Mitt Rawley, lui annonçant son arrivée.

**

– J'ai été chez Aishti, mais il n'y avait aucune enveloppe au nom de Farid, annonça Malko au chef de Station de la CIA, après avoir mentionné le message laissé à Chypre.

Mitt Rawley ne dissimula pas sa contrariété.

– Qu'est-ce qu'on peut faire ? demanda-t-il.

– Rien, laissa tomber Malko. Il m'est impossible de contacter le général Al Qadam. Il faudrait demander aux Israéliens, ils ont peut-être une autre filière. Sinon, il faut attendre le prochain message.

– Ok, je vais appeler Tamir Pardo, décida l'Américain.

Lorsque Malko repartit vers Beyrouth, il éprouvait une étrange impression. Rien n'était encore irrévocable, mais il avait franchi la ligne rouge en mentant à Mitt Rawley.

Certes, s'il ne donnait pas signe de vie à l'autre partie, les choses continueraient. Le message trouvé chez Ashti le mettait simplement au courant de ce qui allait se passer.

Il ne jouait pas un rôle actif.

Lorsqu'il regagna le Four Seasons, il n'avait toujours pas tranché. Comptant lâchement sur les heures qui passaient.

Le général Al Qadam allait repartir pour Damas et il avait jusqu'au lendemain pour sauver Naef Jna, s'il le souhaitait. Il n'avait, en effet, aucune illusion : les Syriens ne bluffaient pas.

La vie de Naef Jna ne comptait pas à leurs yeux plus que celle d'une mouche.

Pour tenter de se changer les idées, il alla dîner avec Chris et Milton. Celui-ci s'inquiéta.

– Et votre copine ?

– Elle est chez ses parents, assura Malko.

Deuxième mensonge.

Insensiblement, il s'enfonçait dans une direction opposée à celle qu'il aurait dû prendre.

Il regarda la télévision tard. Eut du mal à s'endormir. Se réveillant souvent.

Lorsqu'il regarda le soleil se lever, il réalisa qu'il n'avait plus que quelques heures pour prendre sa décision.

Il était tellement stressé qu'il n'avait même pas envie de prendre son breakfast.

Sans se l'expliquer : Naef Jna faisait bien l'amour, mais il n'était pas amoureux. Simplement, il tenait une vie dans ses mains. Celle d'une innocente prise dans un piège qui la dépassait.

Qui n'avait rien demandé à personne.

Il en était oppressé…

C'est à onze heures qu'il composa le numéro sur son portable.

– Je vous rappelle comme convenu, dit-il.

Son interlocuteur ne manifesta aucune émotion.

– Venez quand vous voulez, dit-il.

Il y avait encore un problème : impossible de s'y rendre avec les « gorilles » qui rendraient compte de cette visite. Et ils ne le laisseraient pas y aller seul. Il ne restait qu'une solution.

Quand il eut Mourad Trabulsi au téléphone, il lui dit simplement :

– J'ai besoin de vous voir.

– Dans une heure à l'hôtel, fit le général libanais.

Ils roulaient sur la corniche encombrée. Avec le beau temps, les gens avaient repris leurs habitudes, flânant entre les palmiers. Mourad Trabulsi n'avait posé aucune question, lorsque Malko lui avait dit vouloir revoir son ami.

Cette fois, il ne l'accompagna même pas jusqu'au premier étage.

La même vieille femme au foulard lui ouvrit la porte. Son interlocuteur était installé, en train de lire, face au Summerland. Il se leva et lui serra la main.

Malko se rendit compte qu'il venait de basculer.

Une force irrépressible le poussait à sauver la vie de Naef Jna.

C'est lui qui rompit le silence.

– Je vais vous livrer une information, dit-il. C'est tout ce que je possède, mais je pense que cela correspond à ce que vos amis veulent. Pouvez-vous me garantir que rien n'arrivera à Naef Jna et qu'elle sera relâchée ?

L'homme ôta ses lunettes.

– Si vous ne bluffez pas, je vous le garantis.

Il y eut un long silence. Malko était au bord du gouffre. Il pouvait encore reculer. L'autre le fixait derrière ses lunettes sans monture.

Malko eut l'impression de cracher son cœur lorsqu'il dit :

– Il ne faut pas que le président Bachar El Assad passe la nuit de vendredi à samedi dans sa villa de Mecké.

– C'est tout ?

– C'est tout.

– Bien. Je vais faire en sorte que les choses soient réglées très vite.

C'était fini. Il le raccompagna à la porte. Malko avait l'impression que sa vie avait basculé.

Mourad Trabulsi ne lui posa aucune question. Au moment où ils stoppaient en face du Four Seasons, Malko se tourna vers le général libanais.

– Personne ne doit avoir connaissance de cette visite.

– C'est évident, répondit Mourad Trabulsi.

Malko remonta dans sa chambre.

Mitt Rawley appela une heure plus tard.

– Rien de neuf ?

– Rien, affirma Malko.

Ce n'est que deux heures plus tard qu'il vit s'afficher le numéro de Naef Jna.

– Je suis à la bijouterie, dit-elle d'une voix stressée.

– Je viens te voir, répondit aussitôt Malko.

Ali Mamlouk venait de recevoir le message de Beyrouth et réfléchissait. Le message était clair. Quelqu'un allait tenter de liquider Bachar El Assad dans la nuit de vendredi à samedi.

La nouvelle, brute, lui suffisait : deux choses étaient indispensables. Que le Président, discrètement, aille ailleurs, dans son palais, sous la garde des hommes de son frère. Et tendre un piège à ceux qui allaient venir le tuer.

Naef Jna tremblait contre Malko. Elle avait fermé la bijouterie et ils s'étaient réfugiés dans l'arrière-boutique. La jeune femme s'était jetée aussitôt dans les bras de Malko.

– Qu'est-ce qui s'est passé ? demanda-t-elle. J'ai eu tellement peur.

– Il ne s'est rien passé, assura Malko. Tu dois oublier cet épisode. Pour ta sécurité et la mienne. Il ne faut en parler à personne. Jamais.

– D'accord, fit la jeune femme, mais…

– Il n'y a pas de « mais », corrigea Malko. Je ne peux rien te dire. Oublie ces quelques heures et reprends une vie normale.

« Nous allons aller dîner.

Chris Jones et Milton Brabeck semblèrent ravis de revoir la jeune femme.

– On va à Jounieh, annonça Malko. Chez Samy.

* * *

Le général Al Qadam roulait vers Damas. Tout s'était bien passé avec Hassan Nasrallah et sa femme était ravie de ses achats. Il lui avait donné l'enveloppe destinée à « Farid » et elle n'avait pas posé de questions. D'ailleurs, elle ne posait jamais de questions.

Les prochaines heures allaient être cruciales. Il devrait agir au dernier moment, afin de ne pas laisser le temps à la Garde présidentielle de réagir.

Bien entendu, le vice-président n'était pas prévenu. Lui-même ne donnerait ses ordres que le vendredi soir à ses hommes.

Le convoi, arrivé au poste-frontière, bifurqua sur la gauche pour emprunter l'itinéraire réservé aux militaires. Il était en Syrie.

*
* *

Naef Jna, agenouillée à côté de Malko, s'efforçait de faire durcir son érection. Sans y parvenir. Pourtant sa bouche était aussi habile que d'habitude. La jeune femme s'était jetée sur Malko dès qu'ils étaient arrivés dans la chambre du Four Seasons.

Plus amoureuse que jamais.

Malko lui caressa les cheveux, et dit gentiment :

– N'insiste pas. Je suis fatigué ce soir.

Naef releva la tête et demanda d'un ton plein de reproches :

– Tu n'as plus envie de moi ?

– Si, assura Malko, mais j'ai beaucoup de choses dans la tête. Nous ferons l'amour une autre fois.

Docile, la jeune femme s'allongea près de lui, emprisonnant son sexe dans sa main, comme pour le protéger.

Malko avait l'impression d'être gelé, à l'intérieur. Il venait de trahir l'Agence. Pour une raison que les Américains ne comprendraient jamais. Et qu'il comprenait lui-même à peine.

Une force inconnue inscrite dans ses gênes. Il ne serait jamais indifférent à la vie humaine. En faisant l'amour avec Naef, il aurait eu l'impression de polluer sa décision prise pour une autre raison que le désir de profiter encore de la jeune femme. Il savait que, désormais, il serait toujours bloqué avec elle.

*
* *

La voix de Mitt Rawley était bouleversée. Il venait de réveiller Malko à sept heures du matin.

– La Station de Damas me signale qu'il y a eu une bataille rangée cette nuit dans le quartier de Mecké, annonça-t-il, autour de la résidence de Bachar El Assad. Il y avait des blindés. Les autorités syriennes n'ont pas communiqué, mais ont annoncé que Bachar El Assad va se rendre tout à l'heure à une manifestation pro-régime.

– Je crains que le général Al Qadam n'ait raté son coup, dit Malko.

– Shit! Shit! Shit! explosa Mitt Rawley. Nous sommes maudits. Qu'est-ce qui a bien pu se produire?

– Un impondérable, sûrement, dit Malko.

Commandez
sur le Net :

toutes nos collections

habituelles

SAS

BRIGADE MONDAINE   L'EXECUTEUR

POLICE DES MOEURS

BLADE...

et les **NOUVEAUTÉS**

COLLECTION **REGIOPOLICE**

CERCLE POCHE **CLASSIQUES**

COLLECTION FRISSONS

LE CERCLE POCHE

EN TAPANT

WWW.EDITIONSGDV.COM

COLLECTION

Le Vampyre, une légende.
John William Polidori

La Femme Vampire
E.T.A. Hoffmann

La Famille du Vourdalak
Alexeï Tolstoï

Le Vampire
Alexandre Dumas

TOUS LES DEUX MOIS
8,00 €